菜英文

Travel around the world

旅遊實用篇

MP3

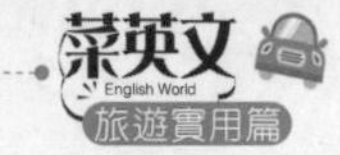
菜英文
English World
旅遊實用篇

Part 1 訂機位

Part 2 在機場

Part 3 在飛機上

Part 4 入境

Part 5 兌換外幣

Part 6 在飯店

Part 7 在餐廳

菜英文
English World
旅遊實用篇

Part 8 在商店

Part 1 訂機位

Unit 1 查詢航班

重點單字

find

煩的

尋找

基礎句型

幫我找另一個班次好嗎？

▶ Could you find another flight?

苦揪兒　煩的　ㄟ哪耳　富賴特

A：你們有下星期天到紐約的班機嗎？

Do you fly to New York on next Sunday?

賭　優 福賴兔　紐　　約 忘 耐司特 桑安得

B：讓我查一查。

Let me check.

勒　密　切客

A：多謝啦！

Thanks a lot.

山克斯 ㄜ 落的

B：先生，我們下星期天沒有任何航班。

We don't have any flights on next Sunday, sir.

屋依 動特 黑夫 安尼 富賴斯 忘 耐司特 桑安得　捨

請你替我找那一天之前的另一個班機好嗎？
A：Could you please find another flight before it?
苦揪兒 普利斯 煩的 ㄟ哪耳 富賴特 必佛 一特

沒問題。
B：No problem.
弄 撲拉本

多謝啦！
A：Thanks a lot.
山克斯 ㄜ 落的

我們有一班八月一日的班機。
B：We have a flight on August first.
屋依 黑夫 ㄜ 富賴特 忘 歐格斯特 佛斯特

可是我八月卅日前無法成行。
A：But I can't make it until the 30th of August.
霸特 愛 肯特 妹克 一特 骯提爾 勒 捨替濕 歐夫 歐格斯特

抱歉，先生，那個班次是我們僅有的一班。
B：Sorry, sir, that is the only flight we have.
蒐瑞 捨 類 意思 勒 翁裡 富賴特 屋依 黑夫

延伸句型

其他航班還有空位嗎？
▶ Are there any flights available?
阿 淚兒 安尼 富賴斯 A肥樂伯

Unit 2 詢問票價

重點單字

airfare

愛爾費兒

票價

基礎句型

機票多少錢？

▶ How much is the airfare?

好　罵區 意思 勒 愛爾費兒

A：美國航空您好。

American Airlines.

阿美綠卡　艾爾藍斯

B：我想要知道票價。

I'd like to know the airfare.

愛屋 賴克 兔　弄　勒　愛爾費兒

A：好的。您想要去哪裡？

Okay. Where do you want to go?

OK　　灰耳 賭　優　忘特 兔 購

B：從台北到香港。

From Taipei to Hong Kong.

防　台北 兔　航　　抗

我們有商務艙和經濟艙(兩種)。
A：We have business class and economy class.
屋依 黑夫 逼斯泥斯 克萊斯 安 一克那咪 克萊斯

票價是多少？
B：How much is the airfare?
好 罵區 意思 勒 愛爾費兒

商務艙是一萬五千元，經濟艙是八千元。
A：A business class seat costs 15,000 dollars,
ㄜ 逼斯泥斯 克萊斯 西特 寇斯 非福聽騷忍 搭樂斯
and an economy class seat is 8,000.
安 恩 一克那咪 克萊斯 西特 意思 ㄟ特騷忍

延伸句型

兒童票是多少錢？
▶ What's the children's fare?
華資 勒 丘准兒斯 費兒

頭等艙是多少錢？
▶ What's the fare for first class?
華資 勒 費兒 佛 福斯特 克萊斯

Unit 3 單程／來回程票價

one-way
萬　　　位
單程

基礎句型

單程票價是多少錢？
► What's the one-way fare?
華資　勒　萬　位　費兒

從台北到東京的來回票價是多少錢？
A：What's the round-trip fare from Taipei to Tokyo?
華資　勒　曰望的初一波費兒　防　台北　免　偷其歐

您想要哪一種等級的座位？
B：What class do you want?
華特　克萊斯　賭　優　忘特

你們有哪些？
A：What do you have?
華特　賭　優　黑夫

我們有頭等艙和商務艙。
B：We have first class and business class.
屋依　黑夫　福斯特　克萊斯　安　逼斯泥斯　克萊斯

我想要頭等艙的座位。
A：I want the first class seat.
愛 忘特 勒 福斯特 克萊斯 西特

頭等艙是二千元。
B：The first class seat is two thousand dollars.
勒 福斯特 克萊斯 西特 意思 凸 騷忍 搭樂斯

二千元？那麼單程票價是多少？
A：Two thousand? And what is the one-way fare?
凸 騷忍 安 華特 意思 勒 萬 位 費兒

一個人是一千兩百元。
B：It's one thousand and two hundred dollars per person.
依次 萬 騷忍 安 凸 哼濁爾 搭樂斯 波 波審

延伸句型

來回程票價是多少錢？
▶ How much is the round-trip airfare?
好 罵區 意思 勒 囚望的 初一波 愛爾費兒

來回程（票價）是多少錢？
▶ How much does it cost for a round-trip?
好 罵區 得斯 一特 寇斯特 佛 ㄜ 囚望的 初一波

Unit 4 訂機位

重點單字

fly
福賴
飛航

基礎句型

你們有五月一日從台北到西雅圖的班機嗎？
▶ Do you fly from Taipei to Seattle on May first?
賭 優 福賴 防 台北 兔 西雅圖 忘 美 佛斯特

早安。這是大陸航空。
A：Good morning. This is Continental Airlines.
估摸寧 利斯 意思 卡低那透 艾爾藍斯

你們有五月一日從台北到西雅圖的班機嗎？
B：Do you fly from Taipei to Seattle on May first?
賭 優 福賴 防 台北 兔 西雅圖 忘 美 佛斯特

請稍等。
A：Wait a moment, please.
位特 ㄜ 摩門特 普利斯

沒問題。
B：No problem.
弄 撲拉本

我查一下是否有任何班機。
A：I will see if there are any flights.
愛我 吸 一幅 淚兒 阿 安尼 富賴斯

謝謝。
B：Thanks.
山克斯

我們有一班五月一日直達的班機。
A：We have a nonstop flight on May first.
屋依 黑夫 ㄜ 那司踏不 富賴特 忘 美 佛斯特

我要訂這一個班次。
B：I'd like to book this flight.
愛屋 賴克 兔 不克 利斯 富賴特

延伸句型

我要訂兩張機票。
▶ I'd like to book two seats.
愛屋 賴克兔 不克 凸 西資

我要預訂一個座位去西雅圖。
▶ I'd like to reserve a seat to Seattle.
愛屋賴克 兔 瑞色夫 ㄜ 西特 兔 西雅圖

我要訂一張來回機票的班機。
▶ I'd like to book a round-trip flight.
愛屋 賴克 兔 不克 ㄜ 日望的 初一波 富賴特

我要預定飛機班次。
▶ I'd like to make a flight reservation.
愛屋 賴克兔 妹克 ㄜ 富賴特 瑞惹非循

Unit 5 指定訂位班機

重點單字

flight

富賴特

班次

基礎句型

我要訂五月一日的 241 班次機票。

▶ I'd like to book flight 241 on May first.

愛屋賴克 兔 不克 富賴特 凸佛萬 忘 美 佛斯特

A：我要訂五月一日的 241 班次機票。
I'd like to book flight 241 on May first.
愛屋賴克 兔 不克 富賴特 凸佛萬忘 美 佛斯特

B：好的。請問您的大名？
Okay. May I have your name, please?
OK 美 愛 黑夫 幼兒 捏嗯 普利斯

A：我的名字是克里斯•懷特。
My name is Chris White.
買 捏嗯 意思 苦李斯 懷特

B：您的名字怎麼拼？
How do you spell your name?
好 賭 優 司背爾 幼兒 捏嗯

A：C-H-R-I-S W-H-I-T-E。
C-H-R-I-S W-H-I-T-E.
CHRIS WHITE

B：好的。請稍等。
Okay. Please wait a moment.
OK 普利斯 位特 ㄜ 摩門特

A：沒問題。
No problem.
弄 撲拉本

B：您想要什麼時候離境？
When do you want to leave?
昏 睹 優 忘特 兔 力夫

A：在五月一日。
It's on May first.
依次 忘 美 福斯特

延伸句型

我要預訂一個座位去西雅圖。
▶ I'd like to reserve a seat to Seattle.
愛屋 賴克 兔 瑞色夫 ㄜ 西特 兔 西雅圖

我要預訂五月一日到西雅圖的最早航班。
▶ I'd like to book the first flight to Seattle for May first.
愛屋 賴克 兔 不克 勒 福斯特 富賴特 兔 西雅圖 佛 美 佛斯特

Unit 6 訂兩張機票

重點單字

book

不克

訂購

基礎句型

我要訂兩張機票。

▶ I'd like to book two seats.

愛屋 賴克 兔 不克 凸 西資

A：我要訂兩個人從台北到西雅圖的機票。

I'd like to book two seats from Taipei to Seattle.

愛屋 賴克 兔 不克 凸 西資 防 台北 兔 西雅圖

B：好的。早上九點有一班，還有一班是早上十點。

Okay. There is a flight at 9 am and one at 10 am.

OK 淚兒 意思 ㄜ 富賴特 ㄟ 耐 am 安 萬 ㄟ 天 am

A：就這些？

Is that all?

意思 類 歐

B：是的，先生。您想要哪一班？

Yes, sir. Which would you prefer?

夜司 捨 會區 屋揪兒 埔里非

A：我要早上九點的那一個班次。
I'd like the 9 am one.
愛屋 賴克 勒 耐 am 萬

B：請給我二位的名字。
Please give me both of your names.
普利斯 寄 密 伯司歐夫 幼兒 捏嗯斯

A：是喬治•喬丹和瑪格麗•特梅森。
It's George Jordan and Margaret Mason.
依次 喬治 喬丹 安 瑪格麗特 梅森

B：好的。
Okay.
OK

A：我們應該要什麼時候要到機場？
What time should we arrive at the airport?
華特 太ㄇ 秀得 屋依 阿瑞夫 ㄟ 勒 愛爾破特

B：二位要在早上八點前到達機場。
You have to be at the airport before 8 am.
優 黑夫 兔 逼 ㄟ 勒 愛爾破特 必佛 ㄟ特 am

A：我們會的。
We will.
屋依 我

Unit 7 訂直達班機

重點單字

nonstop

那司踏不

直達（班機等）

基礎句型

我要直達的班機。

▶ I'd like a nonstop flight.

愛屋 賴克 ㄜ 那司踏不 富賴特

A：我要預約從台北到西雅圖的機票。

I want to make a reservation from Taipei to Seattle.

愛忘特 兔 妹克 ㄜ 瑞惹非循 防 台北 兔 西雅圖

B：好的。您想要什麼時候離開？

Okay. When do you want to leave?

OK 昏 賭 優 忘特 兔 力夫

A：我想要在下星期三離開。

I want to leave on next Wednesday.

愛忘特 兔 力夫 忘 耐司特 忘斯斯得

B：讓我幫您查一查。
Let me check it for you.
勒 密 切客 一特佛 優

A：另外，我要直達的班機。
By the way, I'd like a nonstop flight.
百 勒 位 愛屋 賴克 ㄜ 那司踏不 富賴特

B：好的。從台北到西雅圖的直達班機。
Okay. A nonstop from Taipei to Seattle.
OK ㄜ 那司踏不 防 台北 兔 西雅圖

延伸句型

我要預訂直達的班機。
▶ I'd like to book a nonstop flight.
愛屋 賴克 兔 不克 ㄜ 那司踏不 富賴特

我要預訂從台北到西雅圖的直達航班。
▶ I'd like to book a nonstop flight from Taipei to Seattle.
愛屋 賴克 兔 不克 ㄜ 那司踏不 富賴特 防 台北 兔 西雅圖

Unit 8 訂轉機班機

重點單字

stop-over

司踏不　歐佛

中途停留

基礎句型

我要訂需要轉機的班機。

▶ I'd like a stop-over flight.

愛屋 賴克 ㄊ 司踏不 歐佛 富賴特

我要訂到西雅圖的轉機班機。

A：I'd like a stop-over flight to Seattle.

愛屋 賴克 ㄊ 司踏不 歐佛 富賴特 兔 西雅圖

您可以在東京轉機嗎？

B：Can you stop over in Tokyo?

肯　優 司踏不 歐佛 引 偷其歐

我覺得這不是個好主意。

A：I don't think it's a good idea.

愛 動特 施恩克 依次ㄊ 估的 哀低兒

或是您想要在夏威夷轉機？

B：Or you can stop over in Hawaii if you want.

歐 優　肯 司踏不 歐佛 引 哈瓦夷 一幅 優 忘特

我比較喜歡在香港轉機。
A：I prefer to stop over in Hong Kong.
愛埔里非 兔 司踏不 歐佛 引 航 抗

一班從台北到西雅圖在香港轉機的班機。
B：A stop-over flight in Hong Kong from Taipei to Seattle.
A 司踏不-歐佛 富賴特 引 航 抗 防 台北 兔 西雅圖

是的。
A：Yes.
夜司

請稍候。
B：Please wait a moment.
普利斯 位特 ㄜ 摩門特

基礎句型

我要訂到西雅圖的轉機班機。
▶ I'd like a stop-over flight to Seattle.
愛屋 賴克 ㄜ 司踏不 歐佛 富賴特 兔 西雅圖

Unit 9 訂來回機票

重點單字

round-trip

日望的　　初一波

來回行程

基礎句型

我要訂一張來回機票。

► I'd like to book a round-trip ticket.

愛屋 賴克 兔 不克 ㄜ 日望的 初一波 踢雞特

A：我要訂一張來回機票。
I'd like to book a round-trip ticket.
愛屋 賴克 兔 不克 ㄜ 日望的 初一波 踢雞特

B：您計畫去哪裡？
Where do you plan to go?
灰耳 賭 優 不蘭 兔 購

A：從台北到香港。
From Taipei to Hong Kong.
防 台北 兔 航 抗

B：您想要什麼時候離境？
When do you want to depart?
昏 賭 優 忘特 兔 低怕的

從這個星期一到星期五都可以。

A：During this Monday to Friday would be fine.

丟引 利斯 慢得 兔 富來得 屋 逼 凡

我們這個星期三有航班。

B：We have a flight on this Wednesday.

屋依 黑夫 ㄜ 富賴特 忘 利斯 忘斯斯得

星期三？好的。我要訂這一個航班。

A：Wednesday? O.K. I will book this flight.

忘斯斯得 OK 愛 我 不克 利斯 富賴特

請問您的大名？

B：May I have your name, please?

美 愛黑夫 幼兒 捏嗯 普利斯

Unit 10 訂早晨班機

morning flight

摸寧 富賴特

早上的班機

基礎句型

我偏好早上的班機。

▶ I'd prefer a morning flight.

愛屋 埔里非ㄜ 摸寧 富賴特

A：我想要在五月一日飛芝加哥。
I want to fly to Chicago on the first of May.
愛忘特 兔 福賴 兔 芝加哥 忘 勒 佛斯特 歐夫 美

B：好的。讓我查一查哪一班飛機有位子。
Okay. Let me see which one is available.
OK 勒 密 吸 會區 萬 意思 A肥樂伯

A：我偏好早上的班機。
I'd prefer a morning flight.
愛屋 埔里非ㄜ 摸寧 富賴特

B：我們有241班機在八點鐘離境。
We have Flight 241 leaves at eight.
屋依 黑夫 富賴特 凸佛萬 力夫斯 ㄟ ㄟ特

A：好。我要訂兩個座位。
Great. I'll book two seats.
鬼雷特 愛我 不克 凸 西資

B：沒問題的，先生。
No problem, sir.
弄 撲拉本 捨

A：我應該什麼時候到機場？
What time should I have to be at the airport?
華特 太ㄇ 秀得 愛黑夫 兔 逼 ㄟ 勒 愛爾破特

B：登機報到的時間在四點卅分。
The check-in time is four thirty.
勒 切客 引 太ㄇ 意思 佛 捨替

Unit 11 班機時刻

重點單字

boarding time

伯丁　太ㄇ

班機時刻表

基礎句型

你能替我查班機時刻表嗎？

▶ Could you check the boarding time for me?

苦揪兒　切客　勒　伯丁　太ㄇ　佛　密

A：你能替我查班機時刻表嗎？

Could you check the boarding time for me?

苦揪兒　切客　勒　伯丁　太ㄇ　佛　密

B：請告訴我班機號碼。

Please tell me the flight number.

普利斯　太耳　密　勒　富賴特　拿波

A：241號班機。

It's Flight 241.

依次　富賴特　凸佛萬

B：241號(班機)沒有在飛機時刻表中。

There is no 241 on the boarding schedule.

淚兒　意思　弄　凸佛萬忘　勒　伯丁　司給九

你確定？
A：Are you sure?
阿 優 秀

是的，先生，我很確定。
B：Yes, sir, I am sure.
夜司 捨愛 M 秀

延伸句型

登機時間是什麼時候？
▶ What's the boarding time?
華資 勒 伯丁 太ㄇ

班機準時起飛嗎？
▶ Is the flight on time?
意思 勒 富賴特 忘 太ㄇ

我要知道班機抵達和離境的資訊。
▶ I'd like to know flight arrival and departure information.
愛屋 賴克 兔 弄 富賴特 阿瑞佛 安 低趴球 引佛沒訓

Unit 12 班機抵達的時間

arrive

阿瑞夫

抵達

基礎句型

241次班機何時抵達？

▶ What time does the Flight 241 arrive?

華特 ㄊㄇ 得斯 勒 富賴特 凸佛萬 阿瑞夫

241次班機何時抵達？

A：What time does the Flight 241 arrive?

華特 ㄊㄇ 得斯 勒 富賴特 凸佛萬 阿瑞夫

請您稍等。

B：Would you please wait for a moment?

屋揪兒 普利斯 位特 佛 ㄜ 摩門特

好的。

A：Sure.

秀

241號班機會在五點鐘準時抵達。

B：The Flight 241 will arrive at 5 o'clock on time.

勒 富賴特 凸佛萬 我 阿瑞夫 ㄟ 肥福A克拉克 忘 ㄊㄇ

A：	我瞭解了。非常感謝您。 I see. Thank you so much. 愛 吸　山揪兒　蒐　罵區
B：	不客氣。 You are welcome. 優　阿　威爾康

Unit 13 班機誤點

重點單字

delay

滴淚

延遲

基礎句型

飛機因為濃霧而延誤了。

▶ The plane was delayed by heavy fog.

勒 不蘭 瓦雌 滴淚的 百 黑肥 發哥

A：早安。這是大陸航空。

Good morning. This is Continental Airlines.

估 摸寧 利斯 意思 卡低那透 艾爾藍斯

B：241次班機何時抵達？

What time does Flight 241 arrive?

華特 太ㄇ 得斯 富賴特 凸佛萬 阿瑞夫

A：241航班下午四點鐘才會抵達。

The Flight 241 won't arrive until 4 pm.

勒 富賴特 凸佛萬 甕 阿瑞夫 骯提爾 佛 pm

B：這個航班應該在今天早上抵達的。

It should be arrived this morning.

一特 秀得 逼 阿瑞夫的 利斯 摸寧

A：飛機因為濃霧而延誤了。
The plane was delayed by heavy fog.
勒　不蘭　瓦雌　滴淚的　百　黑肥　發哥

B：我知道了。非常謝謝你。
I see. Thank you so much.
愛吸　山揪兒　蒐　罵區

延伸句型

如果我的飛機延誤，我應該要怎麼辦？
► What should I do if my flight is delayed?
華特　秀得　愛 賭 一幅 買 富賴特 意思　滴淚的

Unit 14 變更班機

重點單字

change

勸居

更改

基礎句型

我想變更我的班機。

▶ I'd like to change my flight.

愛屋 賴客兔　勸居　買　富賴特

聯合航空您好。

A：United Airlines.

又乃踢 艾爾藍斯

我是克里斯•懷特。

B：This is Chris White calling.

利斯 意思 苦李斯 懷特　摳林

有什麼需要我效勞的嗎？

A：What can I do for you?

華特　肯 愛 賭 佛　優

我想變更我的班機。

B：I'd like to change my flight.

愛屋 賴客兔　勸居　買　富賴特

A: 您想要改到什麼時候呢？
When do you want it to be?
昏　賭　優　忘特　一特　免　逼

B: 我想把班機改成下午四點鐘的那班飛機。
I'd like to reschedule the flight at 4 pm.
愛屋　賴客免　瑞司給九　勒　富賴特　ㄟ佛　pm

A: 很抱歉，先生，四點鐘的班機已經沒有機位了。
Sorry, sir, the 4 pm flight is completely booked.
蒐瑞　捨　勒　佛 pm 富賴特意思　抗舖特里　不克的

B: 喔，我該怎麼辦？
Oh, what can I do?
喔　華特　肯愛　賭

A: 如果您願意，我可以幫您排到候補名單中。
I can put you on a waiting list if you would like.
愛肯　鋪　優　忘　ㄜ　位聽　力司特　一幅　優　屋　賴克

B: 請幫我(排候補名單)。
Please do it for me.
普利斯　賭　一特　佛　密

Unit 15 取消訂位

cancel
砍嗽
取消

基礎句型

我想要取消我的預約訂位。
▶ I want to cancel my reservation.
愛忘特 兔　砍嗽　買　瑞惹非循

A：午安。這是中國航空。
Good afternoon. This is China Airlines.
估　世副特怒　利斯 意思 喘納 艾爾藍斯

B：我訂了明天飛往紐約的班機。
I had a reservation to New York tomorrow.
愛黑的ㄊ 瑞惹非循　兔　紐　約　特媽樓

A：我能為您效勞什麼嗎？
What can I do for you?
華特　肯 愛 賭 佛　優

B：我想要取消我的預約訂位。
I want to cancel my reservation.
愛忘特 兔　砍嗽　買　瑞惹非循

好的，請告訴我您的大名。
A：Okay. Please tell me your name.
OK 普利斯 太耳 密 幼兒 捏嗯

蘇菲亞 • 史密斯。
B：Sophia Smith.
蘇菲 史密斯

我會立即取消您的預約。
A：I will cancel your reservation right now.
愛 我 砍嗽 幼兒 瑞惹非循 軟特 惱

延伸句型

我可以取消我的預約嗎？
▶ Can I cancel my reservation?
肯 愛 砍嗽 買 瑞惹非循

我要退我的機票。
▶ I'd like a refund on my flight ticket.
愛屋 賴克 ㄜ 蕊放的 忘 買 富賴特 踢雞特

如果我取消班機，我可以退款嗎？
▶ If I cancel my flight would I get my money back?
一幅 愛 砍嗽 買 富賴特 屋 愛 給特 買 曼尼 貝克

Unit 16 確認機位

reconfirm

蕊康福

再確認

基礎句型

我想再確認機位。

▶ I'd like to reconfirm a flight.

愛屋 賴克 兔　蕊康福　ㄜ 富賴特

A：我想替懷特先生再確認機位。

I'd like to reconfirm a flight for Mr. White.

愛屋 賴客 兔　蕊康福　ㄜ 富賴特 佛 密斯特　懷特

B：班機號碼和離境的日期是什麼時候？

What's the flight number and date of departure.

華茲　勒 富賴特　拿波　安　得特 歐夫 低趴球 普利斯

A：是十月一日的 421 班機。

It's flight 421 on October first.

依次 富賴特 佛凸萬 忘　阿偷伯　佛斯特

B：還有請給我他的全名。

And his full name, please.

安 ㄏ一斯 佛　捏嗯　普利斯

名字是克里斯‧懷特。
A：The name is Chris White.
勒　捏嗯 意思 苦李斯 懷特

請稍候，我確認班機。
B：Please wait one moment, I'll confirm the flight.
普利斯 位特　萬　摩門特　愛我　康粉　勒 富賴特

謝謝您。
A：Thank you.
山揪兒

懷特先生的位子已經確認無誤了。
B：Mr. White's seat is reconfirmed.
密斯特 懷特斯 西特 意思 蕊康福的

延伸句型

我可以幫我的父母確認機位嗎？
▶ Can I reconfirm flight for my parents?
肯 愛　蕊康福　富賴特 佛　買　配潤斯

我要如何確認機位？
▶ How can I confirm my flights?
好　肯 愛　康粉　買　富賴斯

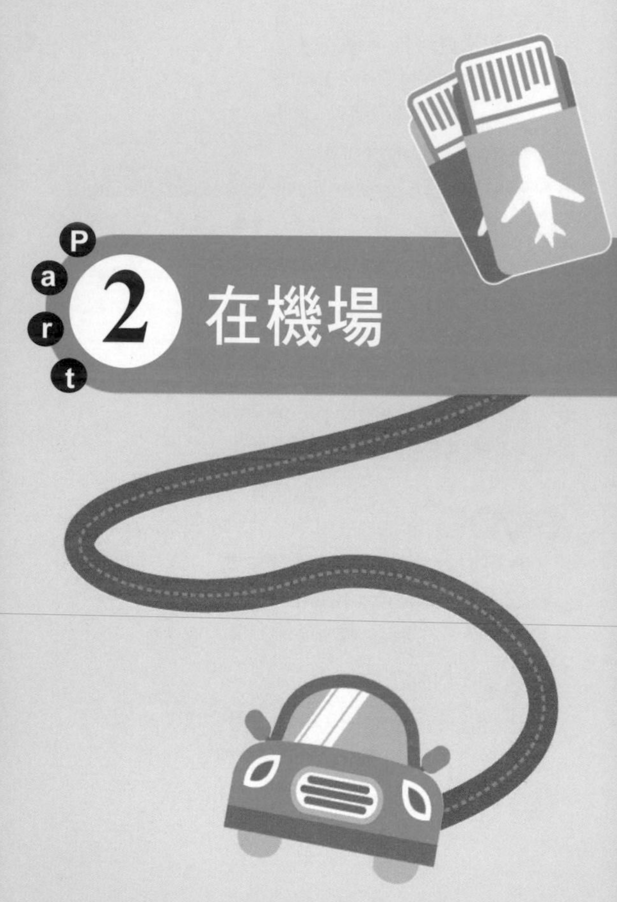
Part 2 在機場

詢問登機報到處

重點單字

check in

切客　　引

報到登記

基礎句型

我該在哪裡辦理登機手續？

▶ Where may I check in?

灰耳　美 愛 切客　引

A：請問一下。

Excuse me.

ㄟ克斯Q斯 咪

B：請說。

Yes?

夜司

A：你能幫我一個忙嗎？

Could you do me a favor?

苦揪兒　賭　咪　ㄜ 肥佛

B：好的，我能為你做什麼？

Sure, what can I do for you?

秀　華特　肯 愛 賭 佛　優

A：我該在哪裡辦理 CA 航空登機手續？
Where may I check in for CA Airlines?
灰耳 美 愛 切客 引 佛 CA 艾爾藍斯

B：直走。
Go straight ahead.
購 斯踹特 耳黑的

A：然後呢？
And then?
安 蘭

B：你就會看到 CA 的櫃台在你的右手邊。
You will see the CA counter on your right.
優 我 吸 勒 CA 考特耳 忘 幼兒 軟特

A：我知道了。非常感謝你。
I see. Thank you so much.
愛 吸 山揪兒 蒐 罵區

B：不客氣。
You are welcome.
優 阿 威爾康

CA（航空）的登機報到櫃台在哪裡？
▶ Where is the CA check-in counter?
灰耳 意思 勒 CA 切客 引 考特耳

Unit 2 登機報到

重點單字

passport and visa

怕撕破　安　V灑

護照和簽證

基礎句型

我要辦理登機報到。

▶ I'd like to check in.

愛屋 賴克 兔 切客 引

A：我要辦理登機報到。
I'd like to check in.
愛屋 賴克 兔 切客 引

B：請給我護照和簽證。
Passport and your visa, please.
怕撕破 安 揪兒 V灑 普利斯

A：在這裡。
Here you are.
厂一爾 優 阿

B：請稍候。
Wait a moment, please.
位特 ㄜ 摩門特 普利斯

好的。謝謝你。
A：Sure. Thank you.
秀 山揪兒

好了。這是你的登機證。
B：Okay. This is your boarding pass.
OK 利斯 意思 幼兒 伯丁 怕斯

延伸句型

我現在可以辦理登機報到嗎？
▶ Can I check in now?
肯 愛 切客 引 惱

我可以在哪裡辦理登機報到？
▶ Where can I check in for my flight?
灰耳 肯 愛 切客 引 佛 買 富賴特

我何時可以辦理回程的登機報到？
▶ When can I check in for my return flight?
昏 肯 愛 切客 引 佛 買 瑞疼 富賴特

Unit 3 劃位

window seat

屋依斗 西特

靠窗戶的座位

基礎句型

我想要一個靠窗戶的座位。

► I'd like a window seat.

愛屋 賴克 ㄜ 屋依斗 西特

A：我要辦理登機報到。

I'd like to check in.

愛屋 賴克 兔 切客 引

B：請給我您的護照和機票。

May I have your passport and ticket?

美 愛 黑夫 幼兒 怕撕破 安 踢雞特

A：給你。

Here you are.

ㄏ一爾 優 阿

B：好的。

Okay.

OK

A：我可以要靠窗戶的座位嗎？
May I have a window seat?
美 愛 黑夫 ㄜ 屋依斗 西特

B：我看看。剛好有剩下一個靠窗戶的座位。
Let's see. There is a window seat left.
辣資 吸 淚兒 意思 ㄜ 屋依斗 西特 賴夫特

A：非常謝謝你。
Thank you so much.
山楸兒 蒐 罵區

B：這是你的護照和登機證。
Here is your passport and boarding pass.
ㄏ一爾 意思 幼兒 怕撕破 安 伯丁 怕斯

延伸句型

我要一個靠窗的座位。
▶ I'd like to have a seat by the window.
愛屋 賴克 兔 黑夫 ㄜ 西特 百 勒 屋依斗

我要一個靠走道的座位。
▶ I'd like to have an aisle seat.
愛屋 賴克 兔 黑夫 恩 愛喔 西特

你可不可以幫我安排到非吸煙區？
▶ Could you arrange a non-smoking area for me?
苦 優 ㄜ潤居 ㄜ 拿 斯墨客引 阿蕊阿 佛 密

Unit 4 行李托運

重點單字

baggage

背格居

行李

基礎句型

您有行李要托運嗎？

▶ Do you have any baggage to check in?

賭　優　黑夫　安尼　背格居　兔　切客　引

您有行李要托運嗎？

A：Do you have any baggage to check in?

賭　優　黑夫　安尼　背格居　兔　切客　引

有的，都在這裡。

B：Yes, there it is.

夜司　淚兒　一特　意思

請將它放在磅秤上。

A：Put it on the scale, please.

鋪　一特　忘　勒　司凱爾　利斯

好的。

B：Okay.

OK

九十公斤。它們超重了。
A：It's ninety kilograms. They are overweight.
依次 耐踢 課漏鬼母斯 勒 阿 歐佛為特

我要付多少錢？
B：How much should I pay for it?
好 罵區 秀得 愛 配 佛 一特

二百元的超載費。
A：Two hundred dollars for excess baggage.
凸 哼濁爾 搭樂斯 佛 一個色司 背格居

哇！好貴喔！
B：Wow, it is so expensive.
哇 一特 意思 蒐 一撕半撕

延伸句型

我能多早托運我的行李？
▶ How early am I allowed to check in my baggage for my flight?
好 兒裡 M 愛 阿樓的 兔 切客 引 買 背格居 佛 買 富賴特

國內航班的隨身行李限制有哪些？
▶ What are the carry-on baggage restrictions for domestic flights?
華特 阿 勒 卡瑞 忘 背格居 瑞司春訓斯 佛 奪沒司踢課 富賴斯

Unit 5 行李重量限制

allowance

歐羅倫斯

允許額

基礎句型

行李重量限額是多少？

▶ What is the baggage allowance?

華特 意思 勒 背格居 歐羅倫斯

我可以帶這件（行李）上飛機嗎？

A：Can I bring this on the plane?

肯 愛 鋪印 利斯 忘 勒 不蘭

請將它放在磅秤上。

B：Please put it on the scale.

普利斯 鋪 一特 忘 勒 司凱爾

沒問題。

A：No problem.

弄 撲拉本

抱歉，您不能帶這件行李上飛機。

B：Sorry, you may not bring this on the plane.

蒐瑞 優 美 那 鋪印 利斯 忘 勒 不蘭

它太重了嗎？
A：Is it too heavy?
意思 一特 兔 黑肥

是的，沒錯。
B：Yes, it is.
夜司 一特 意思

行李重量限額是多少？
A：What is the baggage allowance?
華特 意思 勒 背格居 歐羅倫斯

是十公斤。
B：It's ten kilograms.
依次 天 課漏鬼母斯

延伸句型

CA 航空的免費的行李托運允許額是多少？
▶ What is the free baggage allowance on CA Airlines?
華特 意思 勒 福利 背格居 歐羅倫斯 忘 CA 愛爾 來恩斯

我的行李超重了嗎？
▶ Is my baggage overweight?
意思買 背格居 歐佛為特

Unit 6 行李超重費

重點單字

excess baggage

一個色司 背格居

超重行李

基礎句型

行李超重費是多少錢？

▶ How much is the excess baggage charge?

好 罵區 意思 勒 一個色司 背格居 差居

A：請將它放在磅秤上。
Put it on the scale, please.
鋪 一特 忘 勒 司凱爾 普利斯

B：好的。
Sure.
秀

A：您的行李比限定的重量還重。
Your baggage is heavier than the allowance.
幼兒 背格居 意思 黑肥爾 連 勒 歐羅倫斯

B：你們航空公司的行李重量限額是多少？
What is the baggage allowance of your airline?
華特 意思 勒 背格居 歐羅倫斯 歐夫 幼兒 愛爾來恩

B：每個人是二十公斤。
It's twenty kilograms per person.
依次　湍踢　　課漏鬼母斯　　波　　波審

A：行李超重費是多少錢？
How much is the excess baggage charge?
好　　罵區 意思 勒 一個色司　背格居　　差居

B：(行李超重費)是二百元。
It's two hundred dollars.
依次 凸　　哼濁爾　　搭樂斯

Unit 7 托運的行李標籤

重點單字

baggage tag

背格居　太格

行李標籤

基礎句型

行李標籤在哪裡？

▶ Where is the baggage tag?

灰耳 意思 勒　背格居　太格

A：有任何行李要托運嗎？
Do you have any baggage to be checked?
賭　優　黑夫 安尼　背格居　兔　逼　切客的

B：有的，我有兩件(行李)。在這裡。
Yes, I have two. Over here.
夜司 愛 黑夫 凸　歐佛 ㄏㄧ爾

A：請將它們放在磅秤上。
Please put them on the scale.
普利斯　鋪 樂門　忘 勒　司凱爾

B：好的。
Sure.
秀

A：您自己打包行李的嗎？
Did you pack all the bags yourself?
低 優 怕課 歐 勒 背格斯 幼兒塞兒夫

B：是的。
Yes.
夜司

A：好了。這是您的登機證。
Okay. Here is your boarding pass.
OK ㄏ一爾 意思 幼兒 伯丁 怕斯

B：行李標籤在哪裡？
Where is the baggage tag?
灰耳 意思 勒 背格居 太格

A：行李標籤附在機票上。
The baggage tag is attached to the flight ticket.
勒 背格居 太格 意思 ㄟ踏區的 兔 勒 富賴特 踢雞特

請給我我的行李標籤好嗎？
▶ May I have my baggage tags?
美 愛 黑夫 買 背格居 太格斯

Unit 8 隨身行李

重點單字

hand-carry bag

和的 卡瑞 背格

隨身攜帶的袋子

基礎句型

它們都是隨身帶的袋子。

▶ They are all hand-carry bags.

勒 阿 歐 和的 卡瑞 背格斯

A：請給我護照、簽證和飛機票。

Passport, visa and ticket, please.

怕撕破 V灑 安 踢雞特 普利斯

B：給你。

Here you are.

ㄏ一爾 優 阿

A：有行李要托運嗎？

Any baggage to be checked?

安尼 背格居 兔 逼 切客的

B：沒有。這些都是隨身帶的袋子。

No. They are all hand-carry bags.

弄 勒 阿 歐 和的 卡瑞 背格斯

A：您確定？它們看起來很重！
Are you sure? They look so heavy!
阿　優　秀　　勒　路克　蒐　黑肥

B：我知道。但是它們都是易碎的。
I know. But they are so fragile.
愛　弄　　霸特 勒　　阿　蒐　飛九

A：好吧，只要小心點。
Okay. Just be careful.
OK　　賈斯特 逼　卡耳佛

B：我會的。
I will.
愛 我

A：祝您旅程愉快！
Have a nice flight.
黑夫 ㄜ 耐斯 富賴特

B：謝謝你。
Thank you.
山揪兒

這件我可以帶上飛機嗎？
▶ Can I bring this on the plane?
肯 愛 鋪印 利斯 忘 勒　不蘭

我可以隨身帶這個袋子嗎？
▶ May I carry this bag with me?
美 愛 卡瑞 利斯 背格 位斯 密

Unit 9 行李不托運

重點單字

check

切客

(行李)托運

基礎句型

這件行李我不托運。

▶ I won't check this baggage.

愛 甕 切客 利斯一斯 背格居

只有這兩件行李嗎？

A：Is it just the two pieces of luggage?

意思一特 賈斯特 勒 凸 批斯一斯 歐夫 拉雞居

是的。

B：Yes.

夜司

有其他手提行李嗎？

A：Any hand luggage at all?

安尼 和的 拉雞居 ㄟ 歐

只有這一個袋子。

B：Just this one bag here.

賈斯特 利斯 萬 背格 ㄏ一爾

您確定？
A：Are you sure?
阿 優 秀

是的。我不托運這個袋子。
B：Yes. I won't check this bag.
夜司 愛 甕 切客 利斯 背格

好吧！
A：All right.
歐 軟特

行李重量限額是多少？
B：What is the baggage allowance?
華特 意思 勒 背格居 歐羅倫斯

是十公斤。
A：It's ten kilograms.
依次 天 課漏鬼母斯

別擔心。它們只有八公斤。
B：Don't worry. They are only eight kilograms.
動特 窩瑞 勒 阿 翁裡 ㄟ特 課漏鬼母斯

這個袋子是我的隨身行李。
▶ I will keep this bag as my hand baggage.
愛 我 機舖 利斯 背格 ㄟ斯 買 和的 背格居

Unit 10 登機證

重點單字

boarding pass

伯丁　　怕斯

登機證

基礎句型

這是您的登機證。

▶ Here is your boarding pass.

厂一爾 意思 幼兒　伯丁　怕斯

可以給我您的機票和護照嗎？

A：May I see your tickets and passport, please?

美 愛 吸　幼兒 踢雞斯　安　怕撕破　普利斯

在這裡。

B：Here you are.

厂一爾 優　阿

只有這四件行李嗎？

A：And is it just the four pieces of luggage?

安　意思 一特 賈斯特 勒 佛　批斯一斯 歐夫 拉雞居

是的。

B：Yes.

夜司

還有手提行李嗎？
A：Any hand luggage at all?
安尼 和的 拉雞居 ㄟ 歐

只有這裡的這兩個袋子。
B：Just these two bag here.
賈斯特 利斯 凸 背格 ㄏ一爾

好了。這是您的登機證。
A：Okay. Here is your boarding pass.
OK ㄏ一爾 意思 幼兒 伯丁 怕斯

謝謝你。
B：Thank you.
山揪兒

延伸句型

您的登機門是在十號。
▶ Your gate number is ten.
幼兒 給特 拿波 意思 天

班機會在五點鐘開始登機。
▶ The flight will start boarding at five.
勒 富賴特 我 司打 伯丁 ㄟ 肥福

MP3 027

Unit 11 登機門

重點單字

Gate Six

給特　細伊斯

六號登機門

基礎句型

六號登機門在哪裡？

▶ Where is the Gate Six?

灰耳 意思 勒 給特 細伊斯

您需要幫忙嗎？

A：Do you need any help?

賭 優 尼的 安尼 黑耳ㄆ

是的。你可以告訴我六號登機門在哪裡嗎？

B：Yes. Could you tell me where the Gate Six is?

夜司 苦揪兒 太耳 咪 灰耳 勒 給特 細伊斯 意思

直走您就會看到在左手邊。

A：Go straight ahead and you will see it on the left.

購 斯踹特 耳黑的 安 優 我 吸 一特 忘 勒 賴夫特

我不太懂你的意思。

B：I don't understand what you said.

愛 動特 骯得史丹 華特 優 曬得

A：好吧！我帶您去登機報到櫃臺。
All right. I'll walk you to the check-in counter.
歐 軟特 愛我 臥克 優 兔 勒 切客 引 考特耳

B：非常謝謝你。
Thank you so much.
山揪兒 蒐 罵區

A：已開始登機了。您最好要快點。
It's started boarding. You had better hurry up.
依次 司打的 伯丁 優 黑的 杯特 喝瑞 阿舖

這班飛機的登機門在哪裡？
▶ Where is the boarding gate for this flight?
灰耳 意思 勒 伯丁 給特 佛 利斯 富賴特

十號登機門在哪裡？
▶ Where is the Gate 10?
灰耳 意思 勒 給特 天

Unit 12 確認登機門

重點單字

boarding gate

伯丁　　給特

登機門

基礎句型

登機門號碼是九號。

▶ The Gate Number is Nine.

勒　給特　　拿波　意思　耐

我不知道我應該在哪裡登機。

A： I don't know where I should get board.

愛 動特　弄　灰耳 愛　秀得　給特　伯的

登機證上有登機門號碼。

B： The gate number is on the boarding pass.

勒　給特　拿波　意思 忘 勒　伯丁　怕斯

真的？我看看。

A： Really? Let me see.

瑞兒裡　勒　咪　吸

在右邊。看見了嗎？

B： It's on the right side. Do you see it?

依次 忘 勒　軟特 塞得　賭　優　吸 一特

喔，我找到了。
A：Oh, I found it.
喔 愛 方的 一特

登機門號碼是九號。
B：The Gate Number is Nine.
勒 給特 拿波 意思 耐

非常感謝你。
A：Thank you very much.
山揪兒 肥瑞 罵區

不客氣。
B：You are welcome.
優 阿 威爾康

延伸句型

這是去西雅圖的登機門嗎？
▶ Is this the gate for Seattle?
意思 利斯 勒 給特 佛 西雅圖

Unit 13 詢問登機門在何處

重點單字

over there
歐佛　　　淚兒
在那個地方

基礎句型

登機門在哪裡？
▶ Where is the boarding gate?
灰耳 意思 勒　伯丁　給特

A：能告訴我登機門在哪裡嗎？
Would you tell me where the boarding gate is?
屋揪兒 太耳 咪　灰耳　勒　伯丁　給特 意思

B：您的登機門是幾號？
What is your boarding gate number?
華特 意思 幼兒　伯丁　給特　拿波

A：是四號登機門。
It's Gate Four.
依次 給特　佛

B：我看看。在那個地方。
Let's see. It's over there.
辣資　吸　依次 歐佛　淚兒

我知道了。

A：I see.

愛 吸

你最好要快點。

B：You had better hurry up.

優 黑的 杯特 喝瑞 阿舖

我會的。非常感謝你。

A：I will. Thank you very much.

愛我 山揪兒 肥瑞 罵區

不客氣。

B：Sure.

秀

我應該到哪裡登機？

▶ Where should I get on the plane?

灰耳 秀得 愛給特 忘 勒 不蘭

Unit 14 詢問登機時間

重點單字

boarding time

伯丁 太ㄇ

登機時間

基礎句型

什麼時候登機呢？

▶ When is the boarding time?

昏 意思 勒 伯丁 太ㄇ

A：請問一下。

Excuse me.

ㄟ克斯Q斯 咪

B：請說。

Yes?

夜司

A：什麼時候登機呢？

When is the boarding time?

昏 意思 勒 伯丁 太ㄇ

B：登機時間是八點卅分。

The boarding time is at eight thirty.

勒 伯丁 太ㄇ 意思 ㄟ ㄟ特 捨替

最晚什麼時候要辦理登機報到手續？

A：By what time should I check in?

百 華特 太ㄇ 秀得 愛 切客 引

至少在離境前一個小時。

B：At least one hour before departure.

ㄟ 利斯特 萬 傲爾 必佛 低趴球

這班飛機的登機門在哪裡？

A：Where is the boarding gate for this flight?

灰耳 意思 勒 伯丁 給特 佛 利斯 富賴特

你的飛機會從六號登機門起飛。

B：Your flight will leave from Gate Six.

幼兒 富賴特 我 力夫 防 給特 細伊斯

我要什麼時候登機？

▶ When should I get board?

昏 秀得 愛給特 伯的

什麼時候開始登機？

▶ What time will boarding start?

華特 太ㄇ 我 伯丁 司打

我應該要什麼時候到機場？

▶ What time should I arrive at the airport?

華特 太ㄇ 秀得 愛阿瑞夫 ㄟ 勒 愛爾破特

Unit 15 開始登機

重點單字

get on

給特 忘

搭乘（飛機、交通工具等）

基礎句型

什麼時候開始登機？

▶ What time will boarding start?

華特 太ㄇ 我 伯丁 司打

這是你的登機證和護照。

A：Here is your boarding pass and passport.

ㄏ一爾 意思 幼兒 伯丁 怕斯 安 怕撕破

謝謝你。

B：Thank you.

山揪兒

別太晚去搭飛機。

A：Don't be late to get on the plane.

動特 逼 淚 兔 給特 忘 勒 不蘭

什麼時候開始登機？

B：What time will boarding start?

華特 太ㄇ 我 伯丁 司打

十點鐘。
A：Ten o'clock.
天 A克拉克

現在幾點鐘？
B：What time is it now?
華特 太ㄇ 意思 一特 惱

我猜大約九點。
A：About nine, I guess.
せ保特 耐 愛 給斯

所以是一個鐘頭後(開始登機)。
B：So it's in an hour.
蒐依次 引 恩 傲爾

延伸句型

這個班機已開始登機了嗎？
▶ Has this flight started boarding?
黑資 利斯 富賴特 司打的 伯丁

Unit 16 指示登機門方向

重點單字

get board

給特　　伯的

登機

基礎句型

我應該到哪裡登機？

▶ Where should I get board?

灰耳　秀得　愛 給特 伯的

請問，我應該到哪裡登機？

A：Excuse me, where should I get board?

ㄟ克斯Q斯 咪　灰耳　秀得 愛 給特 伯的

請由六號登機門登機。

B：Please board through Gate Six.

普利斯 伯的　輸入　給特 細伊斯

六號登機門在哪裡？

A：Where is the Gate Six?

灰耳 意思 勒 給特 細伊斯

右轉後你就會看到在你的右手邊。

B：Turn right and you will see it on your right.

疼 軟特 安　優 我 吸 一特 忘 幼兒 軟特

謝謝你。再見。

A：Thank you. Bye.

山揪兒　拜

左轉。

▶ Turn left.

疼　賴夫特

直走。

▶ Go straight ahead.

購　斯踹特　耳黑的

在右手邊。

▶ It's on the right side.

依次 忘 勒　軟特　塞得

在左手邊。

▶ It's on the left side.

依次 忘 勒 賴夫特 塞得

往樓上走。

▶ Go upstairs.

購 阿鋪斯得爾斯

Unit 17 機場稅

重點單字

airport tax

愛爾破特　　太司

機場稅

機場稅是多少錢？

▶ How much is the airport tax?

好　罵區　意思勒　愛爾破特 太司

我應該在哪裡付機場稅？

A：Where should I pay the airport tax?

灰耳　秀得　愛　配　勒　愛爾破特 太司

在那裡。

B：It's over there.

依次　歐佛　淚兒

機場稅是多少錢？

A：How much is the airport tax?

好　罵區　意思　勒　愛爾破特 太司

一人一百元。

B：It's one hundred dollars per person.

依次　萬　哼濁爾　搭樂斯　波　波審

　　好的。這是機場稅。

A：Okay. Here you are.

　　OK　厂一爾　優　阿

Unit 18 詢問轉機事宜

重點單字

connecting flight

卡耐特引　富賴特

轉機

基礎句型

當我要轉機時，我應該做什麼？

▶ What can I do while I'm in transit?

華特　肯 愛賭　壞兒 愛門 引 穿私特

A：你能幫我一個忙嗎？

Could you do me a favor?

苦揪兒　賭　咪　ㄜ 肥佛

B：我能為您作什麼嗎？

What can I do for you?

華特　肯　愛 賭 佛　優

A：當我要轉機時，我應該做什麼？

What can I do while I'm in transit?

華特　肯 愛賭　壞兒 愛門 引 穿私特

B：您要去哪裡？

Where do you want to go?

灰耳　賭　優　忘特　兔　購

我要轉機到西雅圖。
A：I'm in transit to Seattle.
愛門 引 穿私特 兔 西雅圖

您要到那個轉機櫃檯去。
B：You have to go to that connecting counter.
優 黑夫 兔 購 兔 類 卡耐特引 考特耳

延伸句型

如何轉乘轉機班機？
▶ How to change planes for a connecting flight?
好 兔 勸居 不蘭斯 佛 ㄜ 卡耐特引 富賴特

轉機候機室在哪裡？
▶ Where is the transit lounge?
灰耳 意思 勒 穿西特 龍居

國內航廈在哪裡？
▶ Where is the domestic terminal?
灰耳 意思 勒 奪沒司踢課 特門諾

有機場接駁車服務嗎？
▶ Is there an airport shuttle service?
意思 淚兒 恩 愛爾破特 下斗 蛇密斯

Unit 19 轉機

重點單字

connect

卡耐

(交通工具)銜接

基礎句型

我要轉搭 CA(航空)班機。

▶ I am connecting with CA flight.

愛M　卡耐特引　位斯　CA　富賴特

早安，女士。

A：Good morning, madam.

估　摸寧　妹登

我要轉中華航空 CA241 班機。

B：I'm connecting with CA-241.

愛M　卡耐特引　位斯　CA 凸佛萬

請給我您的護照和簽證。

A：May I have your passport and visa, please?

美　愛黑夫　幼兒　怕撕破　安　V灑　普利斯

在這裡。

B：Here you are.

ㄏ一爾　優　阿

這是您的登機證。

A: Here is your boarding pass.

厂一爾 意思 幼兒 伯丁 怕斯

登機時間是四點鐘。

The boarding time is at four o'clock.

勒 伯丁 太ㄇ 意思 ㄟ 佛 A克拉克

我要轉機。

▶ I am in transit.

愛M 引 穿私特

我要如何轉機？

▶ How should I transfer?

好 秀得 愛 穿私佛

我要如何轉機到西雅圖？

▶ How should I transfer to Seattle?

好 秀得 愛 穿私佛 兔 西雅圖

Part 3 在飛機上

Unit 1 提供座位尋找

重點單字

seat

西特

座位

基礎句型

我的座位號碼是 27E。

▶ My seat number is 27E.

買 西特 拿波 意思 湍踼塞門 E

A：先生，歡迎搭乘。

Welcome aboard, sir.

威爾康 阿伯的 捨

我來幫忙找您的座位好嗎？

May I help you find your seat?

美 愛黑耳ㄆ 優 煩的 幼兒 西特

B：麻煩你了。我的座位號碼是 27E。

Please. My seat number is 27E.

普利斯 買 西特 拿波 意思 湍踼塞門 E

A：在您的左手邊。

It's on your left.

依次 忘 幼兒 賴夫特

B： 這是靠走道的座位嗎？
Is it an aisle seat?
意思 一特 恩 愛喔 西特

A： 不，是靠窗戶的座位。
No, it is a window seat.
弄 一特 意思 ㄜ 屋依斗 西特

B： 多謝。
Thanks a lot.
山克斯 ㄜ 落的

Unit 2 協尋座位

重點單字

find

煩的

尋找

基礎句型

我找不到我的座位。

▶ I couldn't find my seat.

愛　庫鄧　煩的　買　西特

我找不到我的座位。

A：I couldn't find my seat.

愛　庫鄧　煩的　買　西特

您的座位是幾號？

B：What is your seat number?

華特 意思 幼兒　西特　拿波

是 24G。

A：It's twenty-four G.

依次　湍踢　佛　G

好的，是個在左邊靠窗的位子。

B：Okay. It's a window seat on the left.

OK　依次 亡　屋依斗　西特　忘　勒　賴夫特

我知道了。非常感謝你。
A：I see. Thank you very much.
愛 吸 山揪兒 肥瑞 罵區

不客氣。
B：You are welcome.
優 阿 威爾康

延伸句型

你能告訴我，我的座位在哪裡嗎？
▶ Can you tell me where my seat is?
肯 優 太耳 咪 灰耳 買 西特 意思

我的座位在哪裡？
▶ Where is my seat?
灰耳 意思 買 西特

15A 的座位在哪裡？
▶ Where is seat 15A?
灰耳 意思 西特 非福聽 A

Unit 3 找到座位

重點單字

take

坦克

引導至（某處）

基礎句型

能請你幫我帶位嗎？

▶ Would you please take me to my seat?

屋揪兒　普利斯 坦克　咪　兔　買　西特

A：歡迎登機。

Welcome aboard.

威爾康　阿伯的

B：能請你幫我帶位嗎？

Would you please take me to my seat?

屋揪兒　普利斯　坦克　咪　兔　買　西特

A：當然好的。請給我看您的登機證。

Of course. May I see your boarding pass?

歐夫 寇斯　美　愛　吸　幼兒　伯丁　怕斯

B：在這裡。

Here you are.

厂一爾　優　阿

A：我看看，28C，請走這邊。
Let's see...twenty-eight C, this way please.
辣資 吸 湍踢 ㄟ特 C 利斯 位 普利斯

B：謝啦！
Thanks.
山克斯

A：先生，這就是您的座位。
This is your seat, sir.
利斯 意思 幼兒 西特 捨

B：是這個靠走道的座位嗎？
Is this aisle seat?
意思 利斯 愛喔 西特

A：是的，就是這個。
Yes, it is.
夜司 一特 意思

Unit 4 坐錯座位

重點單字

seat

西特

座位

基礎句型

這是我的座位。

▶ This is my seat.

利斯 意思 買 西特

抱歉，這是 32L 嗎？

A：Excuse me. Is this thirty-two-L?

ㄟ克斯Q斯 咪 意思 利斯 捨替 ㄊ L

32L？不是的，這是 31L。

B：thirty-two-L? No, it's thirty-one-L.

捨替 ㄊ L 弄 依次 捨替 萬 L

你恐怕坐了我的座位。

A：I am afraid you have my seat.

愛M 哀福瑞特 優 黑夫 買 西特

真的？我看看。

B：Really? Let me see.

瑞兒裡 勒 咪 吸

好的。
A：Sure.
秀

哎呀，這是 32L。抱歉。
B：Oops, it's thirty-two-L. Sorry.
歐司 依次 捨替 凸 L 蒐瑞

沒關係。
A：It's all right.
依次 歐 軟特

這不是我的座位。
▶ This is not my seat.
利斯 意思 那 買 西特

這是你的座位嗎？
▶ Is this your seat?
意思 利斯 幼兒 西特

你坐在我的座位上。
▶ You are sitting in my seat.
優 阿 西聽引 引 買 西特

Unit 5 座位被人霸佔

重點單字

sit

西

坐著

基礎句型

有人坐我的位子。

▸ Someone is sitting in my seat.

桑萬　意思 西聽引　引 買　西特

空少，你能幫我一個忙嗎？

A：Steward, would you do me a favor?

使嘟我的　　屋揪兒　賭　咪　ㄜ 肥佛

有什麼我能為您效勞的嗎？

B：What can I do for you?

華特　肯 愛賭　佛　優

我認為有人坐了我的座位。

A：I think someone is sitting in my seat.

愛 施恩克　桑萬　意思 西聽引 引 買　西特

我馬上為您處理這個問題。

B：I'll solve this problem for you immediately.

愛我 殺夫 利斯　撲拉本　佛　優　隱密的特裡

A：很抱歉麻煩您了。
Sorry to bother you.
蒐瑞 兔 芭樂 優

B：沒問題的。
No problem.
弄 撲拉本

延伸句型

這個恐怕是我的座位。
▶ I'm afraid this is my seat.
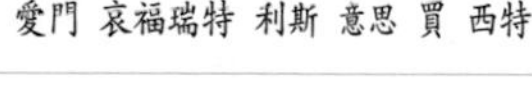
愛門 哀福瑞特 利斯 意思 買 西特

N
W
E
S

Unit 6 換座位

重點單字

change

勸居

更改

基礎句型

我能不能換座位？

▶ Can I change my seats?

肯 愛 勸居 買 西資

A：我能為您作什麼？

What can I do for you?

華特 肯 愛 賭 佛 優

B：我能換座位嗎？

Can I change my seats?

肯 愛 勸居 買 西資

A：有什麼問題嗎？

Something wrong?

桑性 弄

B：我太太跟我被分開了。

My wife and I are separated.

買 歪夫 安 愛 阿 塞婆瑞踢特

A：好的，我看看我能作什麼。
Sure, let's see what I can do.
秀 辣資 吸 華特 愛肯 賭

B：我們能移到吸菸區嗎？
Can we move to the smoking area?
肯 屋依 木副 兔 勒 斯墨客引 阿蕊阿

A：我可以替您安排。
I can arrange it for you.
愛肯 亡潤居 一特 佛 優

B：非常感謝您。
Thank you so much.
山揪兒 蒐 罵區

延伸句型

我的座位可以移到非吸菸區嗎？
▶ Can I move to the non-smoking area?
肯 愛 木副 兔 勒 拿 斯墨客引 阿蕊阿

我能和您換座位嗎？
▶ Can I change my seats with you?
肯 愛 勸居 買 西資 位斯 優

Unit 7 要求提供幫助

重點單字

excuse

ㄟ克斯Q斯

原諒

基礎句型

抱歉麻煩你一下。

▶ Excuse me.

ㄟ克斯Q斯 咪

抱歉麻煩你一下。

A：Excuse me.

ㄟ克斯Q斯 咪

需要我幫忙嗎？

B：May I help you?

美 愛 黑耳ㄆ 優

你們有中文報紙嗎？

A：Do you have any Chinese newspaper?

賭 優 黑夫 安尼 喘尼斯 紐斯派婆

是的，我們有。

B：Yes, we do.

夜司 屋依 賭

還有我可以要一副撲克牌嗎？

A：And may I have a pack of playing cards?

安 美 愛 黑夫 ㄜ 怕課 歐夫 舖淚銀 卡斯

好的，先生，您還需要其他東西嗎？

B：Yes, what else do you need, sir?

夜司 華特 愛耳司賭 優 尼的 捨

現在就這些。

A：That's all for now.

類茲 歐 佛 惱

好的，我馬上回來。

B：Okay, I'll be right back with you.

OK 愛我 逼 軟特 貝克 位斯 優

請幫我一下好嗎？

▶ Could you help me with this?

苦揪兒 黑耳ㄆ 密 位斯 利斯

Unit 8 盥洗室

重點單字

lavatory

賴佛特瑞
盥洗室

基礎句型

盥洗室在哪裡？
▶ Where is the lavatory?
灰耳 意思 勒 賴佛特瑞

A：請問。
Excuse me.
ㄟ克斯Q斯 咪

B：請說。
Yes?
夜司

A：盥洗室在哪裡？
Where is the lavatory?
灰耳 意思 勒 賴佛特瑞

B：就在走道的盡頭。
It's down on the aisle.
依次 黨 忘 勒 愛喔

A：走道盡頭？
Down on the aisle?
黨 忘 勒 愛喔

B：沒錯，是的。
Yes, it is.
夜司 一特 意思

A：我了解了，謝謝你。
I see. Thank you very much.
愛 吸 山揪兒 肥瑞 罵區

B：不客氣。
You are welcome.
優 阿 威爾康

延伸句型

(廁所)是空的嗎？
▶ Is this vacant?
意思 利斯 肥肯

不是，(裡面)有人。
▶ No, it is occupied.
弄 一特 意思 阿秋派的

Unit 9 要求提供物品

重點單字

have

黑夫

擁有

基礎句型

我能要一條毯子嗎？

▶ May I have a blanket?

美 愛 黑夫 ㄜ 不藍妻特

我覺得有一些冷。我能要一條毯子嗎？

A：I feel cold. May I have a blanket?

愛非兒 寇得 美 愛 黑夫 ㄜ 不藍妻特

好的，請稍等。

B：Sure. Please wait a moment.

秀 普利斯 位特 ㄜ 摩門特

好的。

A：Okay.

OK

我幫您拿一件來。

B：I will get one for you.

愛我 給特 萬 佛 優

謝謝。
A： Thanks.
山克斯

您是不是也需要枕頭？
B： Would you also like a pillow?
屋揪兒 歐叟 賴克 ㄜ 披露

好的。你能也給我一些啤酒嗎？
A： Sure. Could you get me some
秀 苦揪兒 給特 咪 桑
beer too?
逼耳 兔

當然好，我馬上回來。
B： Certainly. I will be right back with you.
捨特里 愛 我 逼 軟特 貝克 位斯 優

可以給我一副撲克牌嗎？
▶ May I have a pack of playing cards?
美 愛 黑夫 ㄜ 怕課 歐夫 舖派銀 卡斯

可以給我一副耳機嗎？
▶ May I have a headsct?
美 愛 黑夫 ㄜ 黑的 塞特

你們有中文報紙嗎？
▶ Do you have any Chinese newspaper?
賭 優 黑夫 安尼 喘尼斯 紐斯派婆

Unit 10 請求協助填表格

重點單字

fill out

飛爾　　凹特

填寫

基礎句型

你能告訴我如何填寫嗎？

▶ Could you tell me how to fill it out?

苦揪兒　太耳　咪　好　兔 飛爾 一特 凹特

您需要海關申報表嗎？

A：Do you need the Customs Form?

賭　優　尼的　勒　卡司湯姆斯　佛

我需要，麻煩你了。

B：Yes, please.

夜司　普利斯

給您。

A：Here you are.

厂一爾　優　阿

你能告訴我如何填寫嗎？

B：Could you tell me how to fill it out?

苦揪兒　太耳　咪　好　兔 飛爾 一特 凹特

您在這一個空白欄填上您的名字…。

A：You write down your name in this blank....

優 瑞特 黨 幼兒 捏嗯 引 利斯 不藍克

我知道。

B：I see.

愛 吸

要如何填寫？

▶ How to fill it out?

好 兔 飛爾 利斯 凹特

請你說明一下如何填寫這張表格好嗎？

▶ Could you explain how to fill this out?

苦揪兒 一課絲不蘭 好 兔 飛爾 利斯 凹特

給我一份海關申報表好嗎？

▶ May I have a customs declaration form?

美 愛 黑夫 ㄜ 卡司湯姆斯 得課瑞訓 佛

Unit 11 放置行李

重點單字

put

鋪

放置

基礎句型

我可以自己來。

▶ I can handle it all by myself.

愛 肯 和斗 一特 歐 百 買塞兒夫

A：先生，這是您的行李嗎？

Is this your baggage, sir?

意思 利斯 幼兒 背格居 捨

B：是的，是我的。

Yes, it's mine.

夜司 依次 賣

A：您不能將行李放在走道上。

You can't put your baggage on the aisle.

優 肯特 鋪 幼兒 背格居 忘 勒 愛喔

B：我應該怎麼辦？

What should I do?

華特 秀得 愛 賭

您應該要將您的袋子放在椅子下。

A：You should put your bag under the seat.

優　秀得　鋪 幼兒 背格 骯得 勒 西特

喔，對不起。

B：Oh, sorry.

喔　蒐瑞

我幫您把您的行李搬上去。

A：Let me help you put your baggage up.

勒 咪 黑耳ㄆ 優 鋪 幼兒 背格居 阿鋪

我可以自己來。

B：I can handle it all by myself.

愛 肯　和斗 一特 歐 百 買塞兒夫

延伸句型

我都弄好了，總之，還是謝謝。

▶ I am all set. But thanks anyway.

愛 M 歐 塞特 霸特 山克斯　安尼位

Unit 12 餐點的選擇

重點單字

dinner
丁呢
晚餐

基礎句型

你們有什麼？
▶ What do you have?
華特 賭 優 黑夫

晚餐您想吃什麼？
A：What would you like for dinner?
華特 屋揪兒 賴克 佛 丁呢

你們有什麼？
B：What do you have?
華特 賭 優 黑夫

我們提供雞肉和牛肉。
A：We have chicken and beef.
屋依 黑夫 七塹 安 畢福

我要吃牛肉，謝謝。
B：I'd like beef, please.
愛屋 賴克 畢福 普利斯

好的，這是您的餐點。

A：Okay. Here you are.

OK　ㄏ一爾　優　阿

延伸句型

我有點特殊餐點。

▶ I have ordered a special meal.

愛黑夫　歐得的　ㄜ　斯背秀　瞇爾

我有幫我的母親點低脂餐點。

▶ I have ordered a low fat meal for my mother.

愛黑夫　歐得的　ㄜ　漏　肥特瞇爾　佛　買　媽得兒

這不是我點的餐點。

▶ This is not what I ordered.

利斯　意思那　華特　愛　歐得的

Unit 13 提供素食的餐點

重點單字

meal

瞇爾

餐點

基礎句型

你們有素食餐點嗎？

▶ Do you have vegetarian meal?

賭　優　黑夫　佛居特泥爾　瞇爾

晚餐時間到了。

A：It's about dinner time.

依次　世保特　丁呢　太ㄇ

難怪我肚子有一點餓。

B：No wonder I am kind of hungry.

弄　王得　愛　M　砍特　歐夫　航鬼力

打擾一下。

A：Excuse me.

ㄟ克斯Q斯　咪

需要我的協助嗎？

C：May I help you?

美　愛黑耳ㄆ　優

A：你們有素食嗎？
Do you have vegetarian meal?
賭 優 黑夫 佛居特泥爾 瞇爾

C：我們有飯和麵。
We have rice and noodle.
屋依 黑夫 瑞司 安 奴的

A：我瞭解。
I see.
愛吸

C：您喜歡哪一種？
Which one do you prefer?
會區 萬 賭 優 埔里非

A：請給我們麵。
We would like to have noodle, please.
屋依 屋 賴克兔 黑夫 奴的 普利斯

Unit 14 提供飲料

重點單字

drink

朱因克

喝（飲料）

基礎句型

我能要一杯柳橙汁嗎？

▶ May I have a glass of orange juice?

美 愛 黑夫 ㄜ 給雷斯 歐夫 歐寧居 救斯

打擾一下！

A：Excuse me.

ㄟ克斯Q斯 咪

請說。

B：Yes?

夜司

我有一點口渴。

A：I am a little thirsty.

愛 M ㄜ 裡頭 捨司踢

您想要喝什麼？

B：What would you want to drink?

華特 屋揪兒 忘特 兔 朱因克

A： 能給我一杯柳橙汁嗎？
May I have a glass of orange juice?
美 愛 黑夫 ㄜ 給雷斯 歐夫 歐寧居 救斯

B： 好的，我馬上回來。
Okay. I will be right back with you.
OK 愛 我 逼 軟特 貝克 位斯 優

A： 多謝。
Thanks a lot.
山克斯 ㄜ 落的

B： 不客氣。
You are welcome.
優 阿 威爾康

請給我咖啡。
▶ Coffee, please.
咖啡 普利斯

你們有任何冷飲嗎？
▶ Do you have any cold drinks?
賭 優 黑夫 安尼 寇得 朱因克斯

我能要一杯水嗎？
▶ May I have a glass of water, please?
美 愛 黑夫 ㄜ 給雷斯 歐夫 瓦特 普利斯

我能喝點飲料嗎？
▶ May I have something to drink?
美 愛 黑夫 桑性 兔 朱因克

Unit 15 指定想喝的飲料

重點單字

a glass of

ㄜ 給雷斯 歐夫

一杯（飲料、果汁等）

基礎句型

我可以要一杯熱開水嗎？

▶ May I have a glass of hot water?

美 愛 黑夫 ㄜ 給雷斯 歐夫 哈特 瓦特

您想要喝什麼？

A：What would you like to drink?

華特 屋揪兒 賴克 兔 朱因克

我可以要一杯熱開水嗎？

B：May I have a glass of hot water?

美 愛 黑夫 ㄜ 給雷斯 歐夫 哈特 瓦特

很抱歉我們沒有。但是我們有蘋果汁。

A：I am afraid not. But we have apple juice.

愛 M 哀福瑞特 那 霸特 屋依 黑夫 廿婆 救斯

你想要喝嗎？

B：How would you like it?

好 屋揪兒 賴克 一特

C：這個嘛…，聽起來也不錯。
Well, it sounds good too.
威爾 一特 桑斯 估的 兔

A：很好，我馬上回來。
Good. Then I will be right back soon.
估的 蘭 愛我 逼 軟特 貝克 訓

延伸句型

我能要一杯水嗎？
▶ May I have a glass of water, please?
美 愛 黑夫 ㄜ 給雷斯 歐夫 瓦特 普利斯

我可以多喝一些咖啡嗎？
▶ Can I have some more coffee?
肯 愛 黑夫 桑 摩爾 咖啡

我可以再多要一杯咖啡嗎？
▶ May I have another cup of coffee?
美 愛 黑夫 ㄟ哪耳 卡鋪 歐夫 咖啡

Unit 16 感覺暈機

重點單字

airsick

愛爾 西客

暈機

基礎句型

我覺得暈機。

▶ I feel airsick.

愛非兒 愛爾 西客

您還好吧？

A：Are you all right?

阿 優 歐 軟特

我有點暈機。

B：I feel airsick.

愛非兒 愛爾 西客

您看起來很糟糕。

A：You look terrible.

優 路克 太蘿蔔

我能要一些治療暈機的藥嗎？

B：May I have some medicine for airsickness?

美 愛 黑夫 桑 賣得孫 佛 愛爾西客逆司

當然可以，給您。
A：Sure. Here you are.
秀 ㄏㄧ爾 優 阿

我可以要一杯熱開水嗎？
B：May I have a glass of hot water?
美 愛 黑夫 ㄜ 給雷斯 歐夫 哈特 瓦特

沒問題。
A：No problem.
弄 撲拉本

不要太熱。
B：Not too hot, please.
那 兔 哈特 普利斯

延伸句型

我覺得糟透了！
▶ I feel terrible.
愛 非兒 太蘿蔔

我覺得不舒服。
▶ I don't feel well.
愛 動特 非兒 威爾

我感覺不太舒服。
▶ I am not feeling well.
愛M 那 非寧 威爾

Unit 17 提供醫藥服務

重點單字

medicine

賣得孫

藥品

基礎句型

您需要一些藥嗎？

▶ Do you need some medicine?

賭　優　尼的　桑　賣得孫

A：先生，您還好吧？

Sir, are you okay?

拴　阿　優　OK

B：我不知道。

I don't know.

愛 動特　弄

A：感覺不舒服嗎？

Not feeling well?

那　非寧　威爾

B：我頭痛。

I have a headache.

愛 黑夫士　黑得客

A：您需要一些藥嗎？
Do you need some medicine?
賭 優 尼的 桑 賣得孫

B：我需要一些。謝謝你。
I'd like some, please. Thank you.
愛屋 賴克 桑 普利斯 山揪兒

A：我馬上回來。
I will be right back with you.
愛 我 逼 軟特 貝克 位斯 優

B：多謝了。
Thanks a lot.
山克斯 ㄜ 落的

A：來，這是藥和一杯水。
Here is the medicine and a glass of water.
ㄏ一爾 意思 勒 賣得孫 安 ㄜ 給雷斯 歐夫 瓦特

B：它讓我覺得好多了。
It makes me feel better.
一特 妹克斯 咪 非兒 杯特

延伸句型

你們有暈機藥嗎？
▶ Have you got medicine for airsickness?
黑夫 優 咖 賣得孫 佛 愛爾西客逆司

Part 4 入境

Unit 1 入境審查

重點單字

visit

咪Z特

拜訪

基礎句型

我是來出差的。

▶ It's for business.

依次 佛 逼斯泥斯

請給我您的護照和簽證。

A: May I see your passport and visa, please?

美 愛 吸 幼兒 怕撕破 安 V灑 普利斯

給你。

B: Here you are.

ㄏ一爾 優 阿

您此行的目的是什麼？

A: What is the purpose of your visit?

華特 意思 勒 婆婆斯 歐夫 幼兒 咪Z特

我是來出差的。

B: It's for business.

依次 佛 逼斯泥斯

1 2 6

您要在哪裡留宿？

A： Where are you going to stay?

灰耳　阿　優　勾引　兔 斯得

我會住在四季旅館。

B： I will stay at Four Seasons Hotel.

愛 我 斯得 ㄟ　佛　西任斯　厚得耳

延伸句型

我來這裡觀光。

▶ I am here for sightseeing.

愛M ㄏ一爾 佛　塞吸引

我來這裡旅行。

▶ I am here for touring.

愛M ㄏ一爾 佛　兔爾引

我來這裡唸書的。

▶ I am here for studies.

愛M ㄏ一爾 佛 史達低斯

只是轉機過境。

▶ Just transit.

賈斯特 穿私特

Unit 2 遞交證件

重點單字

passport

怕撕破

護照

基礎句型

這是我的護照和簽證。

▶ This is my passport and visa.

利斯 意思 買　怕撕破　安　V灑

(請給我)護照和簽證。

A：Passport and visa, please.

怕撕破　安　V灑　普利斯

這是我的護照和簽證。

B：This is my passport and visa.

利斯 意思 買　怕撕破　安　V灑

我可以看您的回程機票嗎？

A：May I see your round-trip ticket?

美　愛 吸　幼兒　日望的 初一波 踢雞特

當然可以。在這裡。

B：Sure. Here you are.

秀　ㄏ一爾　優　阿

A：請將您的太陽眼鏡和帽子脫下。
Please take off your sun glasses and hat.
普利斯　坦克 歐夫 幼兒　桑　給雷斯一斯 安　黑特

B：好。
Okay.
OK

A：您此行的目的是什麼？
What's the purpose of your visit?
華資　勒　婆婆斯　歐夫 幼兒 咪Z特

B：只是觀光。
Just touring.
賈斯特 兔爾引

這是我的護照和簽證。
▶ Here is my passport and visa.
ㄏ一爾 意思 買　怕撕破　安　V灑

在這裡。
▶ Here you are.
ㄏ一爾　優　阿

Unit 3 解釋入境的目的

purpose

婆婆斯

目的

基礎句型

我來這裡觀光。

▶ I am here for sightseeing.

愛M ㄏ一爾 佛 塞吸引

您此行的目的為何？

A：What's the purpose of your visit?

華資 勒 婆婆斯 歐夫 幼兒 咪Z特

我來這裡觀光。

B：I am here for sightseeing.

愛 M ㄏ一爾 佛 塞吸引

這段時間您要在哪裡住宿？

A：Where are you going to stay during this trip?

灰耳 阿 優 勾引 兔 斯得 丟引 利斯 初一波

我會住在君悦飯店。

B：I am going to stay at the Grand Hyatt Hotel.

愛 M 勾引 兔 斯得 ㄟ 勒 管安 海雅 厚得耳

（飯店）在哪裡？
A：Where is it?
灰耳 意思 一特

在市中心。
B：It's in the downtown.
依次 引 勒 黨躺

好的，這是您的護照。
A：Okay. Here is your passport.
OK 厂一爾 意思 幼兒 怕撕破

延伸句型

我來這裡觀光。
▶ I am here for touring.
愛 M 厂一爾 佛 兔爾引

我來這裡出差。
▶ I am here for business.
愛 M 厂一爾 佛 逼斯泥斯

我來這裡拜訪我的朋友。
▶ I am here to visit my friends.
愛 M 厂一爾 兔 咪Z特 買 副蘭得斯

Unit 4 停留的時間

stay

斯得

停留

基礎句型

您要停留多久？

▶ How long are you going to stay?

好　龍　阿　優　勾引　兔　斯得

我是來旅行的。

A：I am here for touring.

愛 M　ㄏ一爾　佛　兔爾引

您要在英國待多久？

B：How long are you going to stay in England?

好　龍　阿　優　勾引　兔　斯得　引　英格蘭

大概三個星期。

A：About three weeks.

せ保特　樹裡　屋一克斯

您是自己一個人旅行的嗎？

B：Are you traveling alone?

阿　優　吹佛引　A弄

不是，我是跟團的。

A：No. I am with a travel tour.

弄 愛 M 位斯ㄜ 吹佛 兔兒

延伸句型

我會在這裡（停留）三個星期。

▶ I'll be here for three weeks.

愛我 逼 ㄏ一爾 佛 樹裡 屋一克斯

我將會在這裡停留四個星期。

▶ I'm going to stay here for four weeks.

愛門 勾引 兔 斯得 ㄏ一爾 佛 佛 屋一克斯

Unit 5 停留的期限

more

摩爾

更多的

基礎句型

我會在這裡停留一個多星期。

▶ I will stay here for one more week.

愛 我 斯得 ㄏ一爾 佛 萬 摩爾 屋一克

A：您會在紐約停留多久？

How long will you be staying in New York?

好 龍 我 優 逼 斯得引 引 紐約

B：我會在這裡停留一個多星期。

I will stay here for one more week.

愛 我 斯得 ㄏ一爾 佛 萬 摩爾 屋一克

A：您在這裡有任何親戚或朋友嗎？

Do you have any relatives or friends here?

賭 優 黑夫 安尼 瑞來踢夫司 歐 副蘭得斯 ㄏ一爾

B：沒有。

No, I don't.

弄 愛 動特

❶
❸
❹

好的，這是您的護照，(祝你)旅途愉快。
A：Okay. Here is your passport. Have a nice trip.
OK 厂一爾 意思 幼兒 怕撕破 黑夫 ㄜ 耐斯 初一波

延伸句型

一直到本週五之前我都會停留在這裡。
▶ I'll stay here until this Friday.
愛我 斯得 厂一爾 骯提爾 利斯 富來得

我下星期就要離開轉往西雅圖。
▶ I am leaving for Seattle next Monday.
愛M 力冰 佛 西雅圖 耐司特 慢得

Unit 6 申報物品

declare

低課來兒

申報

基礎句型

有沒有要申報的物品？

▶ Do you have anything to declare?

賭　優　黑夫　　安尼性　兔　低課來兒

A： 請給我護照和簽證。

Passport and visa, please.

怕撕破　　安　V灑　普利斯

B： 在這裡。

Here you are.

ㄏ一爾　優　阿

A： 有沒有要申報的物品？

Do you have anything to declare?

賭　優　黑夫　　安尼性　兔　低課來兒

B： 有的，我有四瓶酒。

Yes, there are four bottles of wine.

夜司　淚兒　　阿　佛　八豆斯　歐夫　屋外

❶ ❸ ❻

請填寫申報單。
A：Please fill up this declaration.
普利斯 飛爾 阿鋪 利斯 得課瑞訓

好的。
B：Okay.
OK

這些總共是四百元。
A：It's four hundred dollars for them.
依次 佛 哼濁爾 搭樂斯 佛 樂門

延伸句型

有沒有要申報的物品？
▶ Have you got anything to declare?
黑夫 優 咖 安尼性 兔 低課來兒

攜帶的東西有必須申報的嗎？
▶ Do you have anything to declare?
睹 優 黑夫 安尼性 兔 低課來兒

Unit 7 為申報物付稅金

pay tax

配　太司

付稅金

基礎句型

您要為那些東西付稅金。

▶ You have to pay tax for them.

優　黑夫　免　配　太司　佛　樂門

袋子裡是什麼東西？

A：What is inside this bag?

華特 意思 引 塞得 利斯 背格

是酒。

B：It's alcohol.

依次 阿爾科喉

您要為超過的三瓶付稅金。

A：You have to pay tax for over three bottles.

優　黑夫　免　配　太司　佛　歐佛　樹裡　八豆斯

稅金是多少？

B：How much is the duty?

好　罵區　意思　勒　斗踢

A：我看看。是六十美元。
Let's see. It is sixty US dollars.
辣資　吸　一特 意思 細斯踢 US　搭樂斯

B：我要怎麼付費呢？
How should I pay it?
好　秀得　愛 配　一特

延伸句型

為什麼我要為他們付稅？
▶ Why should I pay tax for them?
壞　秀得　愛 配　太司 佛　樂門

Unit 8 無須申報

nothing

那性

沒有東西

基礎句型

我沒有要申報的東西。

▶ I have nothing to declare.

愛 黑夫　那性　兔 低課來兒

A：有沒有要申報的東西？

Anything to declare?

安尼性　兔 低課來兒

B：我沒有要申報的東西。

I have nothing to declare.

愛 黑夫　那性　兔 低課來兒

A：有沒有帶酒或煙？

Are you carrying any spirits or tobacco?

阿　優　卡瑞引　安尼 司批瑞斯　特八扣

B：沒有，我沒有。

No, I don't.

弄 愛 動特

能請您打開嗎？
A：Would you open it?
屋揪兒　歐盆 一特

當然可以，沒問題。
B：Sure, no problem.
秀　弄　撲拉本

延伸句型

我沒有要申報的東西。
▶ I don't have anything to declare.
愛動特 黑夫　安尼性　免 低課來兒

我有一些免稅商品。
▶ I have some duty-free items.
愛黑夫　桑　斗踢 福利 唉疼斯

Unit 9 在海關檢查行李

open

歐盆

打開

基礎句型

要我打開行李箱嗎？

▶ Should I open my baggage?

秀得　愛　歐盆　買　　背格居

A：	先生，您好。 Good day, sir. 估的　得　捨
B：	我應該要打開我的行李嗎？ Should I open my baggage? 秀得　愛　歐盆　買　　背格居
A：	是的，麻煩您。 Yes, please. 夜司　普利斯
B：	好的。在這裡。 Okay. Here you are. OK　ㄏ一爾　優　阿

A：這些是什麼？
What are these?
華特　阿　利斯

B：這是給我父母的禮物。
They are presents for my parents.
勒　阿　撲一忍斯　佛　買　配潤斯

延伸句型

您的袋子裡是什麼？
▶ What's in your bag?
華資　引　幼兒　背格

Unit 10 說明行李內的物品

tour

兔兒

旅行

基礎句型

這些是為了這趟旅行而準備的。

▶ Those are prepared for this tour.

漏斯 阿 埔里派爾的 佛 利斯 兔兒

A：請出示您的護照和海關申報單。

Your passport and declaration card, please.

幼兒 怕撕破 安 得課瑞訓 卡 普利斯

B：我沒有要申報的東西。

I have nothing to declare.

愛 黑夫 那性 兔 低課來兒

A：請打開您的行李。

Open your baggage, please.

歐盆 幼兒 背格居 普利斯

B：好的。請看。

Okay. Here you are.

OK ㄏㄧ爾 優 阿

A：	那些盒子是什麼？ What are those boxes? 華特 阿 漏斯 拔撕一撕
B：	那些藥物是為了這趟旅行而準備的。 Those medicines are prepared for this tour. 漏斯 賣得孫斯 阿 埔里派爾的 佛 利斯 兔兒
A：	那些呢？ How about that? 好 せ保特 類
B：	那些是私人物品。 Those are personal stuff. 漏斯 阿 波審挪 斯搭福

延伸句型

這些東西都是我私人的用品。
▶ It's all personal effects.
依次 歐 波審挪 一非特斯

這是我的個人要使用的。
▶ These are for my personal use.
利斯 阿 佛 買 波審挪 又司

這是個人用品。
▶ This is personal stuff.
利斯 意思 波審挪 斯搭福

違禁品的檢查

prohibited items

婆一逼踢的　　　唉疼斯

違禁品

有沒有攜帶任何違禁品？

▶ Do you have any prohibited items?

賭　優　黑夫　安尼　婆一逼踢的　唉疼斯

將您的行李放在行李檢驗台上。

A：Put your baggage on the baggage inspection.

鋪　幼兒　背格居　忘　勒　背格居　隱私配訓

當然。

B：Sure.

秀

有沒有攜帶任何違禁品？

A：Do you have any prohibited items?

賭　優　黑夫　安尼　婆一逼踢的　唉疼斯

沒有。

B：No.

弄

A：有沒有任何毒品、武器、植物或是動物？
Any drugs, weapons, plants or animals?
安尼 抓個司 胃噴斯 不藍特斯 歐 愛能磨斯

B：沒有。完全沒有。
No. Not at all.
弄 那 ㄟ 歐

延伸句型

您有帶任何酒類或香煙嗎？
▶ Do you have any liquor or cigarettes?
賭 優 黑夫 安尼 力魁爾 歐 西卡瑞斯

您不能帶新鮮水果進入美國。
▶ You can't bring fresh fruit into the USA.
優 肯特 鋪印 佛來需 福路的 引兔 勒 USA

我們必須沒收他們。
▶ We have to confiscate them.
屋依 黑夫兔 康飛斯課的 樂門

詢問免稅額物品

重點單字

tax-free

太司　福利

免稅

基礎句型

這個不是在免稅限額內嗎？

► Is this not within the tax-free limit?

意思 利斯 那 位信 勒 太司 福利 力咪特

A：請打開您的袋子。

Please open your bag.

普利斯 歐盆 幼兒 背格

B：好的。請看。

Okay. Here you are.

OK ㄏㄧ爾 優 阿

A：您要為這些物品付稅金。

You will have to pay tax for these.

優 我 黑夫 兔 配 太司 佛 利斯

B：這個不是在免稅限額內嗎？

Is this not within the tax-free limit?

意思 利斯 那 位信 勒 太司 福利 力咪特

A：恐怕不是。
I am afraid not.
愛 M 哀福瑞特 那

B：為什麼不是？
Why not?
壞 那

A：我們要為多增加的葡萄酒課稅。
We have to charge some duty on the
屋依 黑夫 兔 差居 桑 斗踢 忘 勒
additional bottle wine.
阿ㄜ低訓挪 八豆 屋外

延伸句型

我應該要為這些東西付稅？
▶ Do I have to pay tax for these?
賭 愛 黑夫 兔 配 太司 佛 利斯

我應該要為這些付稅嗎？
▶ Should I pay tax for these?
秀得 愛 配 太司 佛 利斯

行李提領

重點單字

baggage claim

背格居 課藍

行李提領

基礎句型

哪裡是行李提領區？

▶ Where is the baggage claim area?

灰耳 意思 勒 背格居 課藍 阿蕊阿

我可以在哪裡提領我的行李？

A：Where could I have my baggage?

灰耳 苦 愛 黑夫 買 背格居

您可以在行李提領區找到行李。

B：You could find baggage at the baggage claim.

優 苦 煩的 背格居 ㄟ 勒 背格居 課藍

哪裡是行李提領區？

A：Where is the baggage claim area?

灰耳 意思 勒 背格居 課藍 阿蕊阿

跟著它走，您就會在您面前看到。

B：Follow it and you will see it in front of you.

發樓 一特 安 優 我 吸 一特 引 防特 歐夫 優

我瞭解了。謝謝。
A：I see. Thank you.
愛 吸 山揪兒

延伸句型

請你幫我找我的行李好嗎？
▶ Could you help me find my baggage?
苦揪兒 黑耳ㄆ 咪 煩的 買 背格居

我要在哪裡領取我的手提箱呢？
▶ Where can I pick up my suitcase?
灰耳 肯 愛 批課 阿鋪 買 素卡司

我要到哪裡去領取我的行李呢？
▶ Where can I get my baggage?
灰耳 肯 愛給特買 背格居

我正在找我的行李。
▶ I'm looking for my baggage.
愛門 路克引 佛 買 背格居

Unit 14 申報行李遺失

report

蕊破特

申報

基礎句型

我找不到我的行李。

▶ I can't find my baggage.

愛 肯特 煩的 買 背格居

A：我找不到我的行李。我應該先作什麼？

I can't find my baggage. What should I do first?

愛 肯特 煩的 買 背格居 華特 秀得 愛 睹 福斯特

B：我可以看一下您的行李托運單嗎？

May I see your baggage claim tag?

美 愛 吸 幼兒 背格居 課藍 太格

A：這是我的行李托運單。

Here is my claim tag.

ㄏ一爾 意思 買 課藍 太格

B：好的。請填這張申訴表格。

Okay. Please fill out this claim form.

OK 普利斯 飛爾 凹特 利斯 課藍 佛

這是作什麼用的？
A： What is this for?
華特 意思 利斯 佛

當我們找到您的行李時，我們會通知您。
B： We will inform you when we find your baggage.
屋依 我 引 佛 優 昏 屋依 煩的 幼兒 背格居

萬一你們找不到怎麼辦？
A： What if you couldn't find it?
華特 一幅 優 庫鄧 煩的 一特

航空公司會賠償你。
B： The airline will pay you compensation.
勒 愛爾來恩 我 配 優 康噴色訓

我瞭解。謝謝你。
A： I see. Thank you.
愛 吸 山揪兒

行李遺失申報處在哪裡？
▶ Where is the Lost Baggage Service?
灰耳 意思 勒 漏斯特 背格居 蛇密斯

Unit 15 行李遺失

missing

密斯引

遺失的

基礎句型

我要申報行李遺失。

▶ I'm reporting a missing suitcase.

愛門 瑞破特引 ㄜ 密斯引 素卡司

A：	我可能遺失我的行李了。 I may have lost my baggage. 愛美 黑夫 漏斯特 買 背格居
B：	你應該要去行李遺失服務中心。 You should go to the Lost Baggage Service. 優 秀得 購 兔 勒 漏斯特 背格居 蛇密斯
A：	你知道在哪裡嗎？ Do you know where it is? 賭 優 弄 灰耳 一特 意思
B：	我看看。喔，在那裡！ Let's see. Oh, it's over there. 辣資 吸 喔 依次 歐佛 淚兒

A：我瞭解了。謝謝你。
I see. Thank you.
愛吸　山揪兒

我要申報行李遺失。
I'm reporting a missing suitcase.
愛門 瑞破特引 ㄜ 密斯引 素卡司

C：請填這張申訴表格。
Please fill out this claim form.
普利斯 飛爾 凹特 利斯 課藍 佛

延伸句型

我沒有看見我的行李。
▶ I don't see my baggage.
愛動特 吸 買 背格居

我找不到我的行李。我應該怎麼辦？
▶ I can't find my baggage. What can I do?
愛肯特 煩的 買 背格居 華特 肯 愛 賭

我的一件行李沒有出來。
▶ One of my bags hasn't come out yet.
萬 歐夫 買 背格斯 黑忍 康 凹特 耶特

我可能遺失我的行李了。
▶ I may have lost my baggage.
愛 美 黑夫 漏斯特 買 背格居

Unit 16 行李遺失的數量

favor

肥佛

協助

基礎句型

你能幫我一個忙嗎？

▶ Could you do me a favor?

苦楸兒　賭　咪　ㄜ　肥佛

A：抱歉，你能幫我一個忙嗎？
Excuse me, could you do me a favor?
ㄟ克斯Q斯　咪　苦楸兒　賭　咪　ㄜ　肥佛

B：是的，我能為您作什麼？
Yes, what can I do for you?
夜司　華特　肯　愛賭佛　優

A：我找不到我的行李。
I couldn't find my baggage.
愛　庫鄧　煩的　買　背格居

B：少了幾件袋子？
How many bags are missing?
好　沒泥　背格斯　阿　密斯引

總共有兩件。
A：There are two.
淚兒 阿 凸

他們的外觀長什麼樣子？
B：What do they look like?
華特 睹 勒 路克 賴克

它們是紅色有輪子的。
A：They are red with wheels.
勒 阿 瑞德 位斯 揮耳斯

好的。我看看能幫上什麼忙。
B：Okay. I will see what I can do for you.
OK 愛 我 吸 華特 愛 肯 睹 佛 優

非常感謝！
A：Thank you so much.
山揪兒 蒐 罵區

有幾件行李？
▶ How many pieces of baggage?
好 沒泥 批斯一斯 歐夫 背格居

我遺失兩個袋子了。
▶ I have lost two bags.
愛黑夫 漏斯特 凸 背格斯

遺失行李的外觀

suitcase

素卡司

行李箱

基礎句型

是一件大的皮箱。

▶ It's a large suitcase.

依次 ㄜ 辣居 素卡司

A：我正在找我的行李。

I'm looking for my baggage.

愛門 路克引 佛 買 背格居

B：請給我您的行李托運卡。

May I see your claim tag?

美 愛 吸 幼兒 課藍 太格

A：這是我的行李托運卡。

Here is my claim tag.

ㄏ一爾 意思 買 課藍 太格

B：請描繪您的行李的外觀好嗎？

Can you tell me the features of your baggage?

肯 優 太耳 咪 勒 飛球斯 歐夫 幼兒 背格居

A：是一件紅色的皮箱，掛有我名字的標籤。
It's a red suitcase with my name tag.
依次 ㄜ 瑞德 素卡司 位斯 買 捏嗯 太格

B：如果我們找到時，我們會通知你。
We will inform you if we find it.
屋依 我 引佛 優 一幅 屋依 煩的 一特

A：你們會多快找到(我的行李)？
How soon will you find out?
好 訓 我 優 煩的 凹特

B：大概兩天的時間。
About two days.
世保特 凸 得斯

A：找到行李後，請儘快送到我的飯店。
Please deliver the baggage to my hotel as
普利斯 低立夫兒 勒 背格居 兔 買 厚得耳 ㄟ斯
soon as you've located it.
訓 ㄟ斯 優夫 樓K踢的 一特

B：當然。我們會的。
Sure. We will.
秀 屋依 我

Part
5
兌換外幣

兌換錢幣處

重點單字

money

曼尼

貨幣

基礎句型

你能告訴我在哪裡兌換貨幣嗎？

▶ Can you tell me where to change money?

肯　優 太耳 咪　灰耳 兔　勸居　曼尼

A：我忘了兌換錢幣了。

I forgot to change money.

愛佛咖 兔　勸居　曼尼

B：真糟糕，你最好快一點去換。

It's terrible. You had better change it quickly.

依次 太蘿蔔　優 黑的　杯特　勸居 一特 怪客力

A：你能告訴我在哪裡兌換外幣嗎？

Can you tell me where to change money?

肯　優 太耳 咪　灰耳 兔　勸居　曼尼

B：你可以去兌換錢幣處。

You can go to Currency Exchange.

優 肯　購 兔　柯潤斯　阿司勸居

在哪裡？

A：Where is it?

灰耳 意思 一特

就在你後面。

B：It's right behind you.

依次 軟特 逼害 優

我在哪裡可以兑換貨幣？

▶ Where can I change money?

灰耳 肯 愛 勸居 曼尼

錢幣兑換處在哪裡？

▶ Where is the Currency Exchange?

灰耳意思 勒 柯潤斯 阿司勸居

Unit 2 匯率

rate

瑞特

匯率

基礎句型

現在匯率是多少？

▶ What's the exchange rate now?

華資　勒　阿司勸居　瑞特　惱

A：有什麼需要我協助的嗎？

How may I help you?

好　美　愛黑耳ㄆ　優

B：我想要兌換台幣。

I want to exchange money into Taiwan dollar.

愛　忘特　兔　阿司勸居　曼尼　引兔　台灣　搭樂

A：您想要用哪一種貨幣兌換？

What currency you want to convert from?

華特　柯潤斯　優　忘特　兔　康佛特　防

B：從美金(換成台幣)。

From US dollar.

防　US　搭樂

好的。

A：Okay.

OK

現在匯率是多少？

B：What is the exchange rate now?

華特 意思 勒 阿司勸居 瑞特 惱

現在美金兌換成台幣的匯率是卅四點五。

A：The exchange rate from US dollar to Taiwan dollar is thirty-four point five.

勒 阿司勸居 瑞特 防 US 搭樂 免 台灣

搭樂 意思 捨替 佛 波以特 肥福

我瞭解了，謝謝你的幫助。

B：I see. Thank you for your help.

愛 吸 山揪兒 佛 幼兒 黑耳ㄆ

延伸句型

一美元能換多少錢？

▶ How much do I get for one US dollar?

好 罵區 賭 愛給特佛 萬 US 搭樂

Unit 3 將台幣兌換成美金

exchange

阿司勸居

兌換

基礎句型

我想要兌換貨幣。

▶ I want to exchange money.

愛 忘特 兔 阿司勸居 曼尼

需要我效勞嗎？

A：May I help you?

美 愛黑耳ㄆ 優

我想要把台幣兌換成美金。

B：I'd like to change NT dollars into US dollars.

愛屋 賴克 兔 勸居 NT 搭樂斯 引兔 US 搭樂斯

好的，請先填寫這份申請單。

A：Okay. Please fill out this form first.

OK 普利斯 飛爾 凹特 利斯 佛 福斯特

申請單和錢給你。

B：Here is the form and money.

ㄏ一爾 意思 勒 佛 安 曼尼

你想要將五千(元)換成美金？
A：You want to change 5000 into US dollars?
優 忘特 兔 勸居 肥福騷忍引兔 US 搭樂斯

是的。
B：Yes.
夜司

這裡是一百四十七元美金。
A：Here is one hundred and forty-seven dollars.
ㄏ一爾 意思 萬 哼濁爾 安 佛踢 塞門 搭樂斯

延伸句型

請將這些（外幣）兌換成美元好嗎？
▶ Can you exchange this into American dollars?
肯 優 阿司勸居 利斯引兔 阿美綠肯 搭樂斯

我要換一些美元。
▶ I want to change some US dollars.
愛 忘特 兔 勸居 桑 US 搭樂斯

Unit 4 將紙鈔兌換成零錢

重點單字

small change

斯摩爾　勸居

零錢

基礎句型

我要(將大鈔)換成零錢。

► I'd like some small change.

愛屋 賴克　桑　斯摩爾　勸居

A：我要(將大鈔)換成零錢。

I'd like some small change.

愛屋 賴克 桑　斯摩爾　勸居

B：好的。您要兌換成什麼？

Okay. What would you like to exchange?

OK　華特　屋揪兒　賴克 兔　阿司勸居

A：請將二百元美金換成零錢。

Please break this two hundred US dollars bill.

普利斯　不來客 利斯　凸　哼濁爾　US　搭樂斯 比爾

B：您想兌換成多少？

How much do you want to exchange?

好　罵區　賭　優　忘特 兔　阿司勸居

我想要將兩百元兌換成四張二十元、三張十元，剩下的是零錢。

A：I want to break this two hundred dollars bill into
愛忘特 兔 不來客 利斯 凸 哼濁爾 搭樂斯 比爾引兔
four twenties, three tens and the rest in coins.
佛 湍踢斯 樹裡 天斯 安 勒 瑞斯特引 扣因斯

給你(兌換的錢)。

B：Here you are.
ㄏ一爾 優 阿

延伸句型

你可以兌換一些零錢給我嗎？

▶ Can you give me some small change?
肯 優 寄 咪 桑 斯摩爾 勸居

我要換開這一張千元紙鈔。

▶ I want to break this thousand bill.
愛 忘特 兔 不來客 利斯 騷忍 比爾

Unit 5 兌換成零錢

bill

比爾

紙鈔

基礎句型

你可以將這張千元紙鈔換成零錢嗎？

▶ Can you break this thousand bill?

肯 優 不來客 利斯 騷忍 比爾

A：你可以將這張千元紙鈔換成零錢嗎？

Can you break this thousand bill?

肯 優 不來客 利斯 騷忍 比爾

B：您要換成多少？

How much do you want to break?

好 罵區 賭 優 忘特 兔 不來客

A：我要兩張五百元紙鈔。

I want to have two five hundred bills.

愛 忘特 兔 黑夫 凸 肥福 哼濁爾 比爾斯

B：我可以換開五百元，但沒辦法換開一千元。

I can change a five hundred but not a thousand.

愛 肯 勸居 ㄜ 肥福 哼濁爾 霸特 那 ㄜ 騷忍

你知道我可以在哪裡換開嗎？

A：Where can I get this changed?

灰耳 肯 愛 給特 利斯 勸居的

對面街道就有一家銀行。

B：There is a bank right across the street.

淚兒 意思 さ 半課 軟特 耳擴斯 勒 斯吹特

延伸句型

用這個付款找得開嗎？

▶ Can you handle this?

肯 優 和斗 利斯

用這個付款找得開嗎？

▶ Can you take this?

肯 優 坦克 利斯

將支票兌換成現金

重點單字

cash

客需

兌換

基礎句型

你可以把旅行支票換成現金嗎？

▶ Could you cash a traveler's check?

苦揪兒　客需 ㄜ 吹佛耳斯　切客

A：抱歉，你可以幫我一個忙嗎？

Excuse me. Would you do me a favor?

ㄟ克斯Q斯 咪　屋揪兒　賭　咪 ㄜ 肥佛

B：當然好。什麼事？

Sure. What's up?

秀　華資　阿鋪

A：你可以幫我把旅行支票換成現金嗎？

Could you cash a traveler's check for me?

苦揪兒　客需 ㄜ 吹佛耳斯　切客　佛　咪

B：可以，只要您是我們飯店的旅客。

Yes, if you are a guest at our hotel.

夜司 一幅 優　阿 ㄜ 給斯特 ㄟ 凹兒 厚得耳

我是。
A：I am.
愛 M

好的。請問您要大鈔還是小鈔？
B：Okay. Would you like large or small bills?
OK 屋揪兒 賴克 辣居 歐 斯摩爾 比爾斯

大鈔。
A：Large, please.
辣居 普利斯

延伸句型

我要兌換這張支票。
▶ I'd like to cash this check.
愛屋 賴克 兔 客需 利斯 切客

我要將這張支票兌換為新台幣。
▶ I'd like to cash this check for NT dollars.
愛屋 賴克 兔 客需 利斯 切客 佛 NT 搭樂斯

你接受旅行支票嗎？
▶ Do you accept traveler's checks?
賭 優 阿賽波特 吹佛耳斯 切客斯

我要將這張旅行支票兌換成現金。
▶ I'd like to cash this traveler's check.
愛 屋 賴克 兔 客需 利斯 吹佛耳斯 切客

Part
6
在飯店

Unit 1 住宿

重點單字

check in

切客　　　引

登記住宿

基礎句型

我要登記住宿。

▶ I'd like to check in.

愛屋 賴克 兔 切客 引

A：歡迎光臨君悅飯店。
Welcome to Grand Hyatt Hotel.
威爾康 兔 管安 海雅 厚得耳

B：我要登記住宿。
I'd like to check in.
愛屋 賴克 兔 切客 引

A：您有預約（住宿）嗎？
Did you have a reservation?
低 優 黑夫 ㄜ 瑞惹非循

B：有的。我的名字是錢德・史密斯。
Yes. My name is Chandler Smith.
夜司 買 捏嗯 意思 錢德勒 史密斯

A：史密斯先生，讓我為您確認一下。
Let me check it for you, Mr. Smith.
勒 咪 切客 一特 佛 優 密斯特 史密斯

B：謝謝你。
Thank you.
山揪兒

我有預約（住宿）。
▶ I have a rescrvation.
愛黑夫 ㄜ 瑞惹非循

今晚有房間嗎？
▶ Can I have a room for tonight?
肯 愛 黑夫 ㄜ 入門 佛 特耐

Unit 2 完成住宿登記

floor

福樓

樓層

基礎句型

在幾樓？

▶ What's the floor?

華資　勒　福樓

我要登記住宿。

A：I'd like to check in.

愛屋 賴克 兔　切客　引

您有預約（住宿）嗎？

B：Did you have a reservation?

低　優　黑夫 ㄜ　瑞惹非循

有的，我有預約住宿。

A：Yes, I had a reservation.

夜司 愛 黑的 ㄜ　瑞惹非循

請問您的大名？

B：May I have your name, please?

美 愛 黑夫 幼兒 捏嗯　普利斯

好的。錢德．史密斯。
A：Certainly. Chandler Smith.
捨特里 錢德勒 史密斯

史密斯先生，我找到您的預約了。
B：Mr. Smith, I have found your reservation.
密斯特 史密斯 愛 黑夫 方的 幼兒 瑞惹非循

很好。
A：Good.
估的

這是您的房間鑰匙。
B：Here is your room key.
ㄏ一爾 意思 幼兒 入門 七

在幾樓？
A：What's the floor?
華資 勒 福樓

在第十八樓。
B：It's on the eighteenth floor.
依次 忘 勒 ㄟ停隱私 福樓

我們稍後會將您的行李送到您的房間。
A：We will send your luggage to your room later.
屋依 我 善的 幼兒 拉雜居 兔 幼兒 入門 淚特

Unit 3 詢問空房

room
入門
房間

基礎句型

你們有可住宿三晚的房間嗎？
▶ Do you have a room for three nights?
賭 優 黑夫 ㄜ 入門 佛 樹裡 耐斯

A：需要我為您效勞嗎？
What can I do for you?
華特 肯 愛賭 佛 優

B：你們有可住宿三晚的房間嗎？
Do you have a room for three nights, please?
賭 優 黑夫 ㄜ 入門 佛 樹裡 耐斯 普利斯

A：請稍等。讓我幫您確認。
Wait a moment, please. Let me check it for you.
位特 ㄜ 摩門特 普利斯 勒 咪 切客 一特佛 優

B：好的。
Sure.
秀

A：我們現在有一間單人床的房間。
We have a single bedroom available now.
屋依 黑夫 ㄜ 心夠 杯準 A肥樂伯 惱

B：好，我要（住宿）。
Okay, I will take it.
OK 愛 我 坦克 一特

A：請問您的大名？
May I have your name, please?
美 愛黑夫 幼兒 捏嗯 普利斯

你們有空房嗎？
► Do you have any rooms available?
賭 優 黑夫 安尼 入門斯 A肥樂伯

你們今晚有便宜的空房嗎？
► Do you have any cheap rooms tonight?
賭 優 黑夫 安尼 去ㄆ 入門斯 特耐

已預約住宿

重點單字

night

耐特

夜晚

基礎句型

我有預約兩晚的住宿。

▶ I had a reservation for two nights.

愛黑的 ㄜ 瑞惹非循 佛 凸 耐斯

A：先生，我找不到您的名字。

I couldn't find your name, sir.

愛 庫鄧 煩的 幼兒 捏嗯 捨

B：我有預約了兩晚的住宿。

I had a reservation for two nights.

愛黑的 ㄜ 瑞惹非循 佛 凸 耐斯

A：可以給我看您的確認單嗎？

May I see your confirmation slip?

美 愛 吸 幼兒 康奮妹訓 犀利ㄆ

B：還有這是確認單。

Here is the confirmation slip.

ㄏ一爾 意思 勒 康奮妹訓 犀利ㄆ

A：好的，我再確認一次。
All right, I will make sure again.
歐 軟特 愛 我 妹克 秀 愛乾

B：你是應該。
You should.
優 秀得

A：先生，很抱歉，我找到您的名字了。
I am terribly sorry, sir, I found your name.
愛 M 太蘿蔔利 蒐瑞 捨 愛 方的 幼兒 揑嗯

B：很好。
Good.
估的

A：這是 156 號房的鑰匙。
Here is your key to Room one-five-six.
ㄏㄧ爾 意思 幼兒 七 兔 入門 萬 肥福 細伊斯

B：我告訴過你我有預約了吧！
I told you I made a reservation.
愛 透得 優 愛 妹得 ㄜ 瑞惹非循

我已經有預約一個房間了。

▶ I have made a reservation for one room.
愛 黑夫 妹得 ㄜ 瑞惹非循 佛 萬 入門

Unit 5 確認住宿天數

plan

不蘭

計畫

基礎句型

我打算要在這裡住四晚。

▶ I plan to stay here for four nights.

愛 不蘭 兔 斯得 ㄏ一爾 佛 佛 耐斯

A：夫人，需要我的協助嗎？

Madam, may I help you?

妹登 美 愛 黑耳ㄆ 優

B：是的，我要登記住宿。

Yes. I'd like to check in.

夜司 愛屋 賴克 兔 切客 引

A：您有預約住宿嗎？

Did you make a reservation?

低 優 妹克 ㄜ 瑞惹非循

B：沒有，我沒有。

No, I didn't.

弄 愛 低等

A：您想要住幾晚？
How many nights will you be staying?
好 沒泥 耐斯 我 優 逼 斯得引

B：我打算要在這裡住四晚。
I plan to stay here for four nights.
愛不蘭 兔 斯得 ㄏ一爾 佛 佛 耐斯

A：好的。請問您的大名？
Okay. May I have your name, please?
OK 美 愛 黑夫 幼兒 捏嗯 普利斯

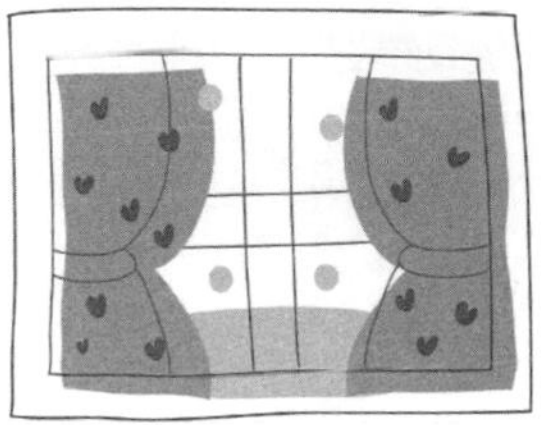

Unit 6 延長／更改住宿天數

stay

斯得

住宿

基礎句型

我想再多住四晚。

▶ I want to stay four more nights.

愛 忘特 兔 斯得 佛 摩爾 耐斯

A：打擾一下。

Excuse me?

ㄟ克斯Q斯 咪

B：是的，需要我協助嗎？

Yes, may I help you?

夜司 美 愛黑耳ㄆ 優

A：我錯過今早的飛機了。

I missed my plane this morning.

愛 密斯的 買 不蘭 利斯 摸寧

我想要再多住四晚。

I want to stay four more nights.

愛 忘特 兔 斯得 佛 摩爾 耐斯

B： 先生，請問您的大名？
May I have your name, sir?
美 愛 黑夫 幼兒 捏嗯 捨

A： 我是 618 號房的傑克•史密斯。
I am Jack Smith of room six eighteen.
愛 M 傑克 史密斯 歐夫 入門 細伊斯 愛聽

B： 史密斯先生，我已經更改您的記錄了。
Mr. Smith, I already change your record.
密斯特 史密斯 愛 歐瑞底 勸居 幼兒 瑞扣的

您可以住到這個星期天。
You could stay here until this Sunday.
優 苦 斯得 厂一爾 骯提爾 利斯 桑安得

延伸句型

我可以多住一晚嗎？
▶ Can I stay one more night?
肯 愛 斯得 萬 摩爾 耐特

我想要更改我的預約。
▶ I'd like to change my reservation.
愛屋 賴克 兔 勸居 買 瑞惹非循

退房

check-out

切客　　　凹特

退房

退房的時間是什麼時候？

► When is check-out time?

昏　意思　切客　凹特　太ㄇ

A：什麼時候可以退房？

When is check-out time?

昏　意思　切客　凹特　太ㄇ

B：中午十二點之前。

It's before twelve o'clock at noon.

依次　必佛　退而夫　A克拉克　ㄟ　潤

A：萬一我到時趕不及怎麼辦？

What if I can't make it before that?

華特　一幅　愛　肯特　妹克　一特　必佛　類

我擔心我會遲到。

I am afraid I'd be late.

愛 M 哀福瑞特 愛屋逼　淚

B：不用擔心。
Don't worry about it.
動特　窩瑞　せ保特 一特

只要讓我們知道您什麼時候要退房。
Just let us know when you're going to check out.
賈斯特 勒 惡斯　弄　昏　優阿　勾引　兔　切客　凹特

A：我真的很感謝。
I really appreciate it.
愛 瑞兒裡　A 鋪西ㄟ特　一特

B：不客氣。
You are welcome.
優　阿　威爾康

延伸句型

我想要提早兩天退房。
▶ I'd like to check out two days earlier.
愛屋 賴克 兔 切客　凹特 凸　得斯　兒裡耳

Unit 8 單人床的房間

one

萬

一人、一個

基礎句型

我要一間單人房。

▶ I'd like a room for one.

愛屋 賴克 ㄜ 入門 歐夫 萬

A：需要我協助嗎？

May I help you?

美 愛 黑耳ㄆ 優

B：是的，我要一個單人房。

Yes, I'd like a room for one.

夜司 愛屋 賴克 ㄜ 入門 佛 萬

A：請問您的大名？

May I have your name, please?

美 愛 黑夫 幼兒 捏嗯 普利斯

B：我的名字是克里斯・懷特

My name is Chris White.

買 捏嗯 意思 苦李斯 懷特

A：好的，懷特先生。這是您的鑰匙卡片。
Okay. Mr. White. Here are your key cards.
OK 密斯特 懷特 ㄏ一爾 阿 幼兒 七 卡斯
您的房號是 241。
Your room number is 241.
幼兒 入門 拿波 意思 凸佛萬

B：多謝啦！
Thanks!
山克斯

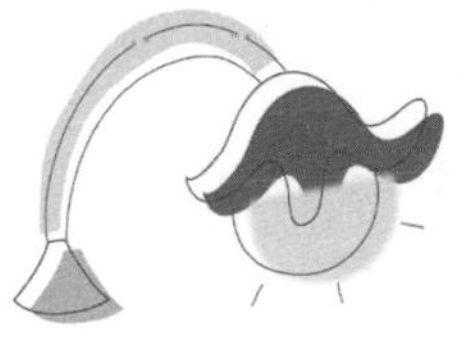

Unit 9 二張床的房間

separate

塞婆瑞特

分開的、單獨的

基礎句型

我要一間有兩張床的房間。

▶ I'd like a room for two with separate beds.

愛屋 賴克 ㄜ 入門 佛 凸 位斯 塞婆瑞特 杯的斯

歡迎光臨喜來登飯店。

A：Welcome to Sheraton Hotel.

威爾康 兔 喜來登 厚得耳

我能為您服務嗎？

How may I be of service?

好 美 愛逼 歐夫蛇密斯

我們要登記住宿。

B：We would like to check in.

屋依 屋 賴克兔 切客 引

要雙人房還是二間單人房？

A：A double room or two single rooms?

ㄜ 賭博 入門 歐 凸 心夠 入門斯

A：我們要有兩張分開的床的房間。
We'd like a room for two with separate beds.
屋 賴克ㄊ 入門 佛 凸 位斯 塞婆瑞特 杯的斯

B：好的。
Okay.
OK

A：您覺得兩張分開的單人床(房間)如何？
How about two single separate beds?
好 せ保特 凸 心夠 塞婆瑞特 杯的斯

B：很好。
That would be fine.
類 屋 逼 凡

Unit 10 雙人床的房間

重點單字

double room

賭博　　入門

雙人床

基礎句型

我們要一間雙人床房間。

▶ We would like a double room.

屋依　屋　賴克 ㄜ 賭博　入門

A：抱歉，我們要登記住宿。

Excuse me, we would like to check in.

ㄟ克斯Q斯 咪　屋依　屋　賴克　兔　切客　引

B：好的，您要哪一種房間？

Okay. What kind of room do you want?

OK　華特 砍特 歐夫 入門 賭　優　忘特

A：我們要一間雙人床房間。

We would like a double room.

屋依　屋　賴克 ㄜ 賭博　入門

我們剛結婚。

We just got married.

屋依 賈斯特 咖　妹入特

B：我們飯店有提供特別禮物給二位。
We have a special gift for you.
屋依 黑夫 ㄜ 斯背秀 肌膚特佛 優

A：真的？是什麼？
Really? What's that?
瑞兒裡 華資 類

B：九折的優待。
A ten percent off discount.
A 天 波勝 歐夫 低思考特

Unit 11 有蒸汽浴的房間

sauna

桑拿

蒸汽浴

基礎句型

我想要有蒸汽浴的房間。

▶ I want a room with a sauna.

愛 忘特 ㄜ 入門 位斯 ㄜ 桑拿

A：我兩個星期前有預約住宿。

I made a reservation two weeks ago.

愛 妹得 ㄜ 瑞惹非循 凸 屋一克斯 A購

B：請問您的大名？

May I have your name, please?

美 愛 黑夫 幼兒 捏嗯 普利斯

A：蘇菲亞•貝克。這是我的確認單。

Sophia Baker. Here is my confirmation slip.

蘇菲 貝克兒 ㄏ一爾 意思 買 康奮妹訓 犀利ㄆ

B：讓我查一查。

I will check it.

愛 我 切客 一特

A：慢慢來。
Take your time.
坦克 幼兒 太ㄇ

B：一間有淋浴設備的單人房，對嗎？
A single room with a shower, is that right?
ㄜ 心夠 入門 位斯 ㄜ 秀爾 意思 類 軟特

A：還有我要有蒸汽浴的房間。
And I want a room with a sauna.
安 愛 忘特 ㄜ 入門 位斯 ㄜ 桑拿

B：很抱歉，我們沒有這項記錄。
I am sorry, we don't have this record.
愛 M 蒐瑞 屋依 動特 黑夫 利斯 瑞扣的

Unit 12 有景觀的房間

view

V歐

景觀

基礎句型

我偏好有景觀的房間。

▶ I prefer a room with a view.

愛 埔里非 ㄜ 入門 位斯 ㄜ V歐

A：你能幫我們預定一間房間嗎？

Would you reserve a room for us?

屋揪兒 瑞色夫 ㄜ 入門 佛 惡斯

B：您想要兩張單人床或一張雙人床的房間？

Would you like a room with two twin beds or with a double bed?

屋揪兒 賴克 ㄜ 入門 位斯 凸 吐一恩 杯的斯 歐 位斯 ㄜ 賭博 杯的

A：都可以。

It doesn't matter.

一特 得任 妹特耳

B：	好的。 Okay. OK
A：	但是我偏好有景觀的房間。 But I prefer a room with a view. 霸特 愛 埔里非 ㄜ 入門 位斯 ㄜ V歐
B：	我會盡我所能。 I will try my best. 愛 我 踹 買 貝斯特
A：	如果可能的話，我想要五樓以下的房間。 I'd rather stay below the fifth floor if possible. 愛屋 蕊爾 斯得 逼樓 勒 狒附師 福樓 一幅 趴色伯

Unit 13 電話叫醒的服務

重點單字

wake up call

胃課 阿鋪 摳

電話叫醒

基礎句型

我能設定明天早上電話叫醒的服務嗎？

▶ Can I have a morning call tomorrow?

肯 愛 黑夫 ㄜ 摸寧 摳 特媽樓

A：我能設定明天早上電話叫醒的服務嗎？
Can I have a morning call tomorrow?
肯 愛 黑夫 ㄜ 摸寧 摳 特媽樓

B：當然可以。您想要什麼時間（叫醒）？
Of course you can. What time do you want?
歐夫 寇斯 優 肯 華特 ㄊㄇ 賭 優 忘特

A：我要設定早上八點電話叫醒。
I'd like to have a wake up call at eight am.
愛屋 賴克 兔 黑夫 ㄜ 胃課 阿鋪 摳 ㄟ ㄟ特 am

B：早上八點鐘。好的。
Eight o'clock in the morning. Okay.
ㄟ特 A 克拉克 引 勒 摸寧 OK

我每一天都要早上叫醒(的服務)。
A：I'd like a wake up call every morning.
愛屋 賴克 ㄜ 胃課 阿鋪 摳 せ肥瑞 摸寧

沒問題的，先生。
B：No problem, sir.
弄 撲拉本 捨

延伸句型

你會在明天八點鐘打電話嗎？
▶ Will you call me at eight o'clock tomorrow?
我 優 摳 密 ㄟ ㄟ特 A克拉克 特媽樓

你可以明天早上叫醒我嗎？
▶ Could you wake me up tomorrow morning?
苦揪兒 胃課 密 阿鋪 特媽樓 摸寧

Unit 14 要求加一張床

extra

阿斯闊

額外的

基礎句型

我要在 504 房多加一張床。

▶ I'd like an extra cot for Room five-O-four.

愛屋 賴克 恩 阿斯闊 喀特 佛 入門 肥福 O 佛

A： 客戶服務中心，您好。需要我的協助嗎？
Customer Service Center. How may I be of help?
卡司特悶爾 蛇密斯 三特 好 美 愛 逼 歐夫 黑耳ㄆ

B： 是的，我要在 504 房多加一張床。
Yes, I'd like an extra cot for Room five-O-four.
夜司 愛屋 賴克 恩 阿斯闊 喀特 佛 入門 肥福 O 佛

A： 我們會馬上為您安排。
We will arrange it for you right away.
屋依 我 ㄜ潤居 一特 佛 優 軟特 ㄟ為

B： 這要收多少錢？
How much does it charge?
好 罵區 得斯 一特 差居

A：每加一張床要八百元。
It's eight hundred dollars for each extra cot.
依次 ㄟ特 哼濁爾 搭樂斯 佛 一區 阿斯闊 喀特

我們會在您退房時間向您收費的。
We will charge you when you check out.
屋依 我 差居 優 昏 優 切客 凹特

B：好的，謝謝你。
Good. Thank you.
估的 山揪兒

Unit 15 客房服務

room service

入門 蛇密斯

客房服務

基礎句型

我要客房服務。

▶ I'd like to order room service.

愛屋 賴克 兔 歐得 入門 蛇密斯

A: 客戶服務中心，您好。需要我的協助嗎？
Customer Service Center. May I help you?
卡司特悶爾 蛇密斯 三特 美 愛黑耳ㄆ 優

B: 我要客房服務。
I'd like to order room service, please.
愛屋 賴克 兔 歐得 入門 蛇密斯 普利斯

A: 您想要點什麼？
What do you want to order?
華特 賭 優 忘特 兔 歐得

B: 你能帶一瓶香檳給我們嗎？
Would you bring us a bottle of champagne?
屋揪兒 鋪印 惡斯 ㄜ 八豆 歐夫 香檳

A：先生，您還需要其他的東西嗎？
What else do you want, sir?
華特 愛耳司 賭 優 忘特 捨

B：我想想，還有我要一份雞肉三明治。
Let's see, and I want a chicken sandwich.
辣資 吸 安 愛 忘特 ㄜ 七墜 三得位七

延伸句型

可以請你送兩個三明治到我的房間嗎？
► Could you bring two sandwiches to my room?
苦揪兒 鋪印 凸 三得位七斯 兔 買 入門

可以請你幫我送一壺茶過來嗎？
► Could you bring me a pot of tea?
苦揪兒 鋪印 密 ㄜ 怕特 歐夫 踢

Unit 16 供應早餐的時間

breakfast

不來客非斯特

早餐

基礎句型

早餐什麼時候供應？

▶ What time is breakfast served?

華特　太ㄇ　意思　不來客非斯特　色夫的

這是您的鑰匙和早餐券。

A：Here is your key and breakfast coupon.

ㄏ一爾　意思　幼兒　七　安　不來客非斯特　哭朋

早餐什麼時候供應？

B：What time is breakfast served?

華特　太ㄇ　意思　不來客非斯特　色夫的

在七點和十點之間。

A：It's between seven and ten o'clock.

依次　逼吹　塞門　安　天　A克拉克

我應該去哪裡用早餐？

B：Where should I go to for the breakfast?

灰耳　秀得　愛　購　兔　佛　勒　不來客非斯特

A：在二樓的「星光餐廳」。
It's at Star Restaurant on second floor.
依次ㄟ 司打 瑞斯特讓 忘 誰肯 福樓

B：嗯，非常謝謝你。
Well, thank you so much.
威爾 山揪兒 蒐 罵區

A：這是我的榮幸。祝您有愉快的一天！
My pleasure. Have a nice day!
買 舖來揪 黑夫 ㄜ 耐斯 得

延伸句型

你們有提供早餐嗎？
▶ Do you serve breakfast?
賭 優 色夫 不來客非斯特

有包含早餐嗎？
▶ Is breakfast included?
意思 不來客非斯特 引庫魯的

Unit 17 在飯店用早餐

重點單字

how

好

如何

基礎句型

我要煎一面熟（的蛋）。

▶ I'd like it sunny side up.

愛屋 賴克 一特 桑尼 塞得 阿鋪

早安，先生。

A：Good morning, sir.

佔 摸寧 捨

早安。

B：Good morning.

佔 摸寧

您想要哪一種蛋？

A：How do you like your egg?

好 賭 優 賴克 幼兒 愛課

煎蛋、炒蛋還是水煮蛋？

Fried, scrambled or boiled?

佛來的 使棍伯的 歐 撥乙喔的

我要煎一面熟的蛋
B：I'd like it sunny side up.
愛屋 賴克 一特 桑尼 塞得 阿鋪

您要咖啡或茶？
A：Would you like coffee or tea?
屋揪兒 賴克 咖啡 歐 踢

請給我茶。
B：Tea, please.
踢 普利斯

延伸句型

你們有牛奶嗎？
► Do you have milk?
賭 優 黑夫 謬客

你們有麵包嗎？
► Do you have bread?
賭 優 黑夫 不來得

吐司在哪裡？
► Where is the toast?
灰耳 意思 勒 頭司特

Unit 18 飯店留言服務

messages

妹西居斯

留言

基礎句型

我有任何的留言嗎？

▶ Do I have any messages?

睹 愛 黑夫 安尼 妹西居斯

A：早安，懷特先生。

Good morning, Mr. White.

估 摸寧 密斯特 懷特

B：早安。我有任何的留言嗎？

Good morning. Do I have any messages?

估 摸寧 睹 愛 黑夫 安尼 妹西居斯

A：有的，一位年輕的女士送來一個包裹。

Yes, there is a package from a young lady.

夜司 淚兒 意思 ㄜ 怕七居 防 ㄜ 羊 類蒂

B：她有說什麼嗎？

Did she say anything?

低 需 塞 安尼性

A：我看看。
Let me see.
勒 咪 吸

她要求您打電話給她。
She asked you to give her a call.
需 愛斯克特 優 兔 寄 喝 ㄜ 摳

B：就這樣？
Is that all?
意思 類 歐

A：是的，先生。
Yes, sir.
夜司 捨

B：我以為她會來接我。
I thought she was supposed to pick me up.
愛 收特 需 瓦雌 捨破斯的 兔 批課 咪 阿鋪

延伸句型

有沒有給我的留言？
▶ Are there any messages for me?
阿 淚兒 安尼 妹西居斯 佛 密

Unit 19 衣服送洗的服務

laundry service

弄局一 蛇密斯

衣服送洗服務

你們有衣服送洗服務嗎？

▶ Do you have laundry service?

賭 優 黑夫 弄局一 蛇密斯

客房服務中心。

A： Room service.

入門 蛇密斯

你們有衣服送洗服務嗎？

B： Do you have laundry service?

賭 優 黑夫 弄局一 蛇密斯

是的，先生，我們有(這項服務)。

A： Yes, we have, sir.

夜司 屋依 黑夫 捨

太好了。這是916號房。

B： Wonderful. This is room nine-one-six.

王得佛 利斯 意思 入門 耐 萬 細伊斯

A：只要將您的衣服放入洗衣籃中即可。
Just put your clothes into the laundry basket.
賈斯特 鋪 幼兒 克樓斯一斯 引兔 勒 弄局一 被思妻特

B：你能快一點嗎？
Can you make it quickly?
肯 優 妹克 一特 怪客力

A：好的。我們會馬上去拿。
Sure. We will get it in a few minutes.
秀 屋依 我 給特一特 引ㄜ 否 咪逆疵

延伸句型

可以來收（待洗衣物）嗎？

▶ Could you come and pick it up?

苦揪兒 康 安 批課 一特 阿鋪

我有衣物要送乾洗。

▶ I'd like to send my clothes to the dry cleaners.

愛屋賴克 兔 善的 買 克樓斯一斯 兔 勒 賺 客寧爾斯

可以幫我把這件裙子燙平嗎？

▶ Will you iron out the wrinkles in this skirt?

我 優 愛恩 凹特 勒 屋一扣斯 引 利斯 史克

可以幫我燙這件襯衫嗎？

▶ Will you iron this shirt for me?

我 優 愛恩 利斯 秀得 佛 密

住宿費用

重點單字

per night

波　　耐特

每一晚

基礎句型

一晚要多少錢？

▶ How much per night?

好　罵區　波　耐特

A：我們要一間雙人房。

We would like a double room.

屋依　屋　賴克ㄊ　賭博　入門

B：好的。

Okay.

OK

A：你們有哪一種房間？

What kind of room do you have?

華特　砍特 歐夫 入門　賭　優　黑夫

B：在二樓的房間可以嗎？

How about the room on the second floor?

好　せ保特　勒　入門　忘　勒　誰肯　福樓

很好。
A：Wonderful.
王得佛

一晚要多少錢？
B：And how much per night?
安 好 罵區 波 耐特

一晚要三千五百元。
A：It's thirty-five hundred dollars per night.
依次 捨替 肥福 哼濁爾 搭樂斯 波 耐特

你們有便宜一點的房間嗎？
B：Do you have any cheaper rooms?
賭 優 黑夫 安尼 去波爾 入門斯

抱歉，先生，我們只有這些。
A：Sorry, sir, that's all we have.
蒐瑞 捨 類茲 歐 屋依 黑夫

延伸句型

單人房一晚多少錢？
▶ How much is a single room per night?
好 罵區 意思 ㄙ心夠 入門 波 耐特

有沒有便宜一點的房間？
▶ Do you have any less expensive rooms?
賭 優 黑夫 安尼 賴斯 一撕半撕 入門斯

Unit 21 客房服務費用

charge

差居

要價

基礎句型

請將帳算在我的房間費用上。

▶ Please charge it to my room.

普利斯　差居 一特 兔 買　入門

A：需要我效勞嗎？

May I help you?

美 愛黑耳ㄆ 優

B：是的，我要一瓶香檳。

Yes, I'd like a bottle of champagne.

夜司 愛屋 賴克ㄜ 八豆 歐夫　香檳

A：好的。先生，還需要其他東西嗎？

Okay. Anything else, sir?

OK　安尼性 愛耳司 捨

B：我想想…，沒有，就這樣。

Let me see..., no, that's all.

勒 咪 吸　弄 類茲 歐

A：先生，您想要怎麼付款呢？
How do you want to pay it, sir?
好 賭 優 忘特 免 配 一特 捨

B：請將帳算在我的房間（費用）上。
Please charge it to my room.
普利斯 差居 一特 免 買 入門

房間號碼是 714。
It's room seven-one-four.
依次 入門 塞門 萬 佛

Unit 22 額外的附加費用

additional

阿ㄉ低訓挪

額外的

基礎句型

是否有其他附加費用？

▶ Are there any additional charges?

阿　淚兒　安尼　阿ㄉ低訓挪　差居斯

A：四晚總共三百八十元。

It's three hundred and eight for four nights.

依次　樹裡　哼濁爾　安　ㄟ踢　佛　佛　耐斯

B：三百八十元？

Three hundred and eight dollars?

樹裡　哼濁爾　安　ㄟ踢　搭樂斯

A：有任何問題嗎，先生？

Do you have any questions, sir?

賭　優　黑夫　安尼　魁私去斯　捨

B：是否有其他附加的費用？

Are there any additional charges?

阿　淚兒　安尼　阿ㄉ低訓挪　差居斯

A：是的，包括多加嬰兒床的二十元費用。
Yes, it includes twenty dollars for a crib.
夜司 一特 引庫魯斯 湍踢 搭樂斯 佛 ㄜ 魁撥

B：喔，我忘了嬰兒床。
Oh, I forgot the crib.
喔 愛 佛咖 勒 魁撥

抱歉麻煩你了。
Sorry to bother you.
蒐瑞 兔 芭樂 優

A：一點都不會，先生。
Not at all, sir.
那 ㄟ 歐 捨

Unit 23 退房

重點單字

check out

切客　　　凹特

退房

基礎句型

我要退房。

▶ I'd like to check out.

愛屋 賴克 兔　切客　凹特

我要退房。

A：I'd like to check out.

愛屋 賴克 兔　切客　凹特

好的，先生，這是您的帳單。

B：OK, sir, this is your bill.

OK,　捨　利斯　意思　幼兒　比爾

這是什麼費用？

A：What's this charge?

華資　利斯　差居

這是客房服務。

B：This is room service.

利斯　意思　入門　蛇密斯

A：我瞭解。這是我的信用卡。
I see. Here is my credit card.
愛吸 ㄏ一爾 意思 買 魁地特 卡

B：好的，先生。
Okay, sir.
OK 捨

請結帳。
▶ Check out, please.
切客 凹特 普利斯

我要退房。
▶ I'm checking out.
愛門 切引 凹特

我的帳單好了嗎？
▶ Is my bill ready?
意思 買 比爾 瑞底

Part
7
在餐廳

要求兩個人的位子

table

特伯

桌位

基礎句型

請給我二個人的位子。

► I want a table for two, please.

愛忘特 ㄜ 特伯 佛 凸 普利斯

歡迎光臨四季餐廳。

A：Welcome to Four Seasons Restaurant.

威爾康 兔 佛 西任斯 瑞斯特讓

請給我二個人的位子。

B：I want a table for two, please.

愛忘特 ㄜ 特伯 佛 凸 普利斯

吸煙區或非吸煙區？

A：Smoking or non-smoking area?

斯墨客引 歐 拿 斯墨客引 阿蕊阿

非吸煙區，麻煩你。

B：Non-smoking, please.

拿 斯墨客引 普利斯

A：要非吸煙區的話，各位大概要等十分鐘。
You have to wait for about ten minutes for non-smoking area.
優 黑夫 兔 位特 佛 世保特 天 咪逆疵 佛 拿 斯墨客引 阿蕊阿

B：沒關係。我們可以等。
That's all right. We can wait.
類茲 歐 軟特 屋依 肯 位特

Unit 2 詢問有多少人用餐

many

沒泥

多少、許多

基礎句型

請問多少人？

▶ For how many, please?

佛 好 沒泥 普利斯

A：您有訂位嗎？

Do you have a reservation?

賭 優 黑夫 ㄜ 瑞惹非循

B：有的，我訂了六點的位子。

Yes, I made a reservation at six.

夜司 愛 妹得 ㄜ 瑞惹非循 ㄟ細伊斯

A：您要訂幾人(的位子)？

For how many, please?

佛 好 沒泥 普利斯

B：我一個人。

I am alone.

愛 M A弄

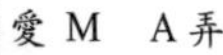

這邊請。

A：This way, please.

利斯 位 普利斯

我們有四個人。

▶ There are four of us.

淚兒 阿 佛 歐夫 惡斯

五個，謝謝。

▶ Five, please.

肥福 普利斯

Unit 3 是否有空位

available

A 肥樂伯

空位

現在有空位嗎？

▶ Do you have a table available?

賭　優　黑夫 ㄜ 特伯　A 肥樂伯

需要我效勞嗎？

A：May I help you?

美　愛黑耳ㄆ　優

現在還有空位嗎？

B：Do you have a table available?

賭　優　黑夫 ㄜ 特伯　A 肥樂伯

您有幾個人？

A：For how many people, please?

佛　好　沒泥　批剖　普利斯

我們有四個人。

B：There are four of us.

淚兒　阿　佛　歐夫 惡斯

各位恐怕要等廿分鐘。

A：I'm afraid you have to wait for 20 minutes.

愛M哀福瑞特 優 黑夫 兔 位特 佛 湍踢 咪逆疵

謝謝你。我們會試另一家餐廳。

B：Thank you. We will try another restaurant.

山揪兒 屋依 我 踹 ㄟ哪耳 瑞斯特讓

延伸句型

有沒有五個人的空位？

▶ Are there any tables for five available?

阿 淚兒 安尼 特伯斯 佛 肥福 A肥樂伯

有沒有五個人的座位？

▶ Do you have a table for five?

賭 優 黑夫 ㄜ 特伯 佛 肥福

現在有沒有五個人的座位？

▶ Do you have a table for five right now?

賭 優 黑夫 ㄜ 特伯 佛 肥福 軟特 惱

Unit 4 帶位／找人

重點單字

wait

位特

等待

基礎句型

先生，有人為您帶位嗎？

▶ Are you being waiting on, sir?

阿 優 逼印 位聽 忘 捨

A：抱歉，先生，有人為您帶位嗎？

Excuse me, are you being waiting on, sir?

ㄟ克斯Q斯 咪 阿 優 逼印 位聽 忘 捨

B：是的，我們已經等了卅分鐘了。

Yes, we've been waiting here for 30 minutes.

夜司 屋依黑夫 兵 位聽 ㄏ一爾 佛 捨替 咪逆疵

A：先生，真的很抱歉。請這邊走。

I am so sorry, sir. This way, please.

愛 M 蒐 蒐瑞 捨 利斯 位 普利斯

先生，這個位子如何？

How about this table, sir?

好 世保特 利斯 特伯 捨

B：好的，我們喜歡。
Okay, we like it.
OK　屋依 賴克 一特

A：我待會馬上回來為您服務點餐。
I will be right back for your orders.
愛 我 逼 軟特 貝克 佛 幼兒 歐得斯

我要找一位凱西的人。※和人有約而對方已入座時使用。
► I'm looking for a Kathy.
愛門 路克引 佛 ㄜ 凱西

Unit 5 靠窗的座位

重點單字

near

尼爾

靠近

基礎句型

我們想要靠窗的位子。

▶ We would like the seats near the window.

屋依　屋　賴克　勒　西資　尼爾　勒　屋依斗

請這邊走。

A：This way, please.

利斯　位　普利斯

好的。

B：Okay.

OK

請坐。

A：Please be seated.

普利斯　逼　司踢的

我們想要靠窗的位子。

B：We would like the seats near the window.

屋依　屋　賴克　勒　西資　尼爾　勒　屋依斗

A：很抱歉，我們沒有其他空位了。
I am sorry, we don't have other seats available.
愛 M 蒐瑞 屋依 動特 黑夫 阿樂 西資 A肥樂伯

延伸句型

你們有沒有靠近窗戶的位子？
▶ Do you have any seats near the window?
賭 優 黑夫 安尼 西資 尼爾 勒 屋依斗

Unit 6 另外安排座位

重點單字

quiet

拐せ特

安靜的

基礎句型

我們能不能要安靜的座位？

▶ Could we have a quiet table?

苦 屋依 黑夫 さ 拐せ特 特伯

A：抱歉。

Excuse me.

ㄟ克斯Q斯 咪

B：是的，先生，需要我的協助嗎？

Yes, sir, may I help you?

夜司 捨 美 愛黑耳ㄆ 優

A：這裡太吵了。

It's too noisy here.

依次 兔 弄一日 ㄏ一爾

B：真是非常抱歉。

I am so sorry.

愛 M 蒐 蒐瑞

A：我們能不能要安靜的座位？
Could we have a quiet table?
苦 屋依 黑夫 ㄜ 拐世特 特伯

B：我馬上為各位安排另一個桌子。
I'll arrange another table for you immediately.
愛我 ㄜ潤居 ㄟ哪耳 特伯 佛 優 隱密的特裡

A：如果不麻煩的話，謝謝你。
Thank you if it's not bothering you.
山揪兒 一幅 依次 那 芭樂因 優

延伸句型

有沒有在吸煙區的其他座位？
► Do you have other seats in the smoking area?
賭 優 黑夫 阿樂 西資 引 勒 斯墨客引 阿蕊阿

我比較想要在非吸煙區。
► I prefer the non-smoking area.
愛埔里非 勒 拿 斯墨客引 阿蕊阿

Unit 7 自行指定的座位

take

坦克

取用

基礎句型

我們可以坐這個位子嗎？

▶ Could we take this seat?

苦　屋依 坦克 利斯 西特

A：各位先生、小姐，請這邊走。

Ladies and gentlemen, this way, please.

類蒂斯　安　　尖頭慢　　利斯　位　　普利斯

B：抱歉，我們可以要這兩個位子嗎？

Excuse me, could we take these two seats?

ㄟ克斯Q斯 咪　　苦　屋依 坦克　利斯　　凸　西資

A：當然可以。請坐。

Sure. Please be seated.

秀　　普利斯　逼　司踢的

B：謝謝你。

Thank you.

山揪兒

我待會馬上回來為您服務點餐。

A：I will be right back for your orders.

愛 我 逼 軟特 貝克 佛 幼兒 歐得斯

這個位子可以嗎？

▶ How about this seat?

好 せ保特 利斯 西特

稍後再點餐

重點單字

order

歐得

點餐

基礎句型

各位準備好點餐了嗎？

► Are you ready to order?

阿 優 瑞底 兔 歐得

A：這是各位的菜單。

Here is your menu.

ㄏ一爾 意思 幼兒 咩妞

B：謝謝你。

Thank you.

山揪兒

A：各位準備好點餐了嗎？

Are you ready to order?

阿 優 瑞底 兔 歐得

B：對不起，我們還沒有決定。

Sorry, we have not decided yet.

蒐瑞 屋依 黑夫 那 低賽低的 耶特

您慢慢來。我待會再來。

A：Take your time. I will be right back with you.

坦克 幼兒 太ㄇ 愛 我 逼 軟特 貝克 位斯 優

延伸句型

您(們)現在要點餐了嗎？

▶ Are you ready to order now?

阿 優 瑞底 兔 歐得 惱

您(們)要現在點餐嗎？

▶ Would you like to order now?

屋揪兒 賴克 兔 歐得 惱

詢問內用或外帶

重點單字

stay

斯得

停留

基礎句型

內用，麻煩你。

▶ Stay, please.

斯得　普利斯

A：我要一杯咖啡，謝謝。

I'd like a cup of coffee, please.

愛屋　賴克　ㄜ卡鋪　歐夫　咖啡　　普利斯

B：要這裏用還是外帶？

Stay or to go?

斯得 歐 兔　購

A：內用，麻煩你。多少錢？

Stay, please. How much is it?

斯得　普利斯　　好　　罵區 意思 一特

B：六十元。

It's sixty dollars, please.

依次　細斯踢　搭樂斯　普利斯

A：這是一百元。
Here is one hundred dollars.
ㄏ一爾 意思 萬 哼濁爾 搭樂斯

延伸句型

請問要內用或是外帶？
▶ Stay or to go, please?
斯得 歐 兔 購 普利斯

內用還外帶？
▶ For here or to go?
佛 ㄏ一爾 歐 兔 購

這是要內用還外帶？
▶ Will that be for here or to go?
我 類 逼 佛 ㄏ一爾 歐 兔 購

Unit 10 外帶餐點

to go
兔　購
點餐外帶

基礎句型

(我要)外帶一份雞肉三明治。
▶ A chicken sandwich to go, please.
A　七墾　三得位七　兔 購　普利斯

A：您今天要點什麼？
What can I get for you today?
華特　肯 愛給特 佛　優　特得

B：我要外帶一份雞肉三明治。
I'd like a chicken sandwich to go, please.
愛屋 賴克 さ　七墾　三得位七　兔　購　普利斯

A：很抱歉，雞肉三明治賣完了。
I am sorry, the chicken sandwich is sold out.
愛 M　蒐瑞　勒　七墾　三得位七 意思 蒐的 凹特

B：那麼我要牛肉三明治。
Then I want the beef sandwich.
蘭 愛 忘特 勒 畢福　三得位七

A：您要不要加一份外帶薯條？
Would you like fries to go with that?
屋揪兒　賴克 佛來斯 兔　購　位斯　類

B：好啊！一份大薯。
Yes, a big one.
夜司 士 逼個 萬

A：請稍候。
Wait a moment, please.
位特 士　摩門特　普利斯

B：沒問題。
No problem.
弄　撲拉本

延伸句型

我要外帶一份三明治。
▶ I'd like a sandwich to go, please.
愛屋 賴克 士 三得位七　兔　購　普利斯

外帶一份三明治。
▶ A sandwich to go, please.
A　三得位七　兔　購　普利斯

外帶一份大麥香堡和中薯。
▶ To go, one Big Mac with medium fries.
兔　購　萬　逼個 麥克　位斯　咪低耳 佛來斯

Unit 11 內用餐點

here

ㄏ一爾

這裡

基礎句型

要在這裡吃。

► That will be for here.

類　我　逼　佛　ㄏ一爾

A：內用還外帶？
For here or to go?
佛　ㄏ一爾　歐　兔　購

B：這裡吃。
That will be for here.
類　我　逼　佛　ㄏ一爾

A：您要點什麼？
What would you like to order?
華特　屋揪兒　賴克　兔　歐得

B：我要一份小薯條。
I will have a small fries.
愛我　黑夫　ㄜ　斯摩爾　佛來斯

還要點其他東西嗎？
A：Anything else?
安尼性　愛耳司

還要一杯奶昔。
B：And a milk shake.
安　ㄜ 謬客　說客

請問要什麼口味？
A：What flavor, please?
華特　佛來佛　普利斯

要草莓口味的。
B：Make it strawberry.
妹克　一特　司除背瑞

延伸句型

內用，謝謝。
▶ For here, please.
佛 ㄏ一爾　普利斯

內用，一號套餐。
▶ For here, number one combo.
佛 ㄏ一爾　拿波　萬　康寶

Unit 12 選擇醬料

sauce

受西

醬料

基礎句型

(請給我)蕃茄醬。

▶ Ketchup, please.

K區阿婆　普利斯

A：我要點麥克雞塊。
I'd like McChicken Nuggets.
愛屋　賴克　麥克七鑾　那機特斯

B：您要什麼醬料？
What sauces would you like?
華特　受西一斯　屋揪兒　賴克

A：(請給我)蕃茄醬。
Ketchup, please.
K區阿婆　普利斯

B：這是您的餐點。
Here is your order.
ㄏ一爾　意思　幼兒　歐得

A：我能多要一份蕃茄醬嗎？
Can I have extra ketchup?
肯 愛 黑夫 阿斯闊 K區阿婆

B：好的。請稍等。
Sure. Wait a moment, please.
秀 位特 ㄜ 摩門特 普利斯

醬料呢？

▶ How about the sauces?
好 世保特 勒 受西一斯

Unit 13 飲料

regular

瑞鬼爾

一般的

基礎句型

大杯或普通杯？

▶ Larger or regular?

辣居兒 歐 瑞鬼爾

A：您還要其他東西嗎？
What else do you want?
華特 愛耳司 賭 優 忘特

B：現在就這樣。
That's all for now.
類茲 歐 佛 惱

A：您要點飲料嗎？
Do you want any drinks?
賭 優 忘特 安尼 朱因克斯

B：好吧。我要可樂。
Okay. I want Coke.
OK 愛 忘特 扣可

(要)大杯或普通杯？

A：Larger or regular?

辣居兒 歐 瑞鬼爾

(請給我)普通杯。

B：Regular, please.

瑞鬼爾 普利斯

延伸句型

我要點健怡可樂。

▶ I'd like to order a diet Coke.

愛屋賴克 兔 歐得 ㄜ 呆鵝 扣可

我點一杯大杯可樂。

▶ I'd like to get a large Coke.

愛屋賴克 兔 給特ㄜ 辣居 扣可

我可以續杯嗎？

▶ Can I get a refill?

肯 愛給特ㄜ 蕊飛爾

Unit 14 奶精和糖包

重點單字

cream

苦寧姆

奶精

基礎句型

您要奶精還是糖？

► Would you like cream or sugar?

屋揪兒　賴克 苦寧姆 歐　休萬

A：要不要點飲料？

Would you like something to drink?

屋揪兒　賴克　　桑性　　兔 朱因克

B：請給我一杯咖啡。

I'd like a cup of coffee, please.

愛屋 賴克 ㄜ卡鋪 歐夫 咖啡　　普利斯

A：您要奶精還是糖？

Would you like cream or sugar?

屋揪兒　賴克 苦寧姆 歐 休萬

B：我兩種都要，謝謝。

I'd like both, thank you.

愛屋 賴克 伯司　　山揪兒

先生，您呢？

A：How about you, sir?

好　せ保特　優　捨

請給我咖啡、兩包糖和兩包奶精。

C：Coffee, two sugars and two creams, please.

咖啡　凸　休葛斯　安　凸　苦寧姆斯　普利斯

兩個都要。

▶ Both.

伯司

奶精。

▶ Cream.

苦寧姆

糖包。

▶ Sugar.

休葛

我要黑咖啡。

▶ I want it black.

愛忘特 一特 不來客

Unit 15 要求看菜單

重點單字

menu

咩妞

菜單

基礎句型

我可以看菜單嗎？

▶ May I see the menu?

美 愛 吸 勒 咩妞

A：請坐，各位先生、小姐。

Please be seated, ladies and gentlemen.

普利斯 逼 司踢的 類蒂斯 安 尖頭慢

B：謝謝你。請給我看菜單。

Thank you. May I see the menu, please?

山揪兒 美 愛 吸 勒 咩妞 普利斯

A：好的。請看。

Sure. Here you are.

秀 ㄏ一爾 優 阿

B：等我們準備好要點餐時會讓你知道。

We will let you know if we are ready to order.

屋依 我 勒 優 弄 一幅 屋依 阿 瑞底 兔 歐得

A： 沒問題。慢慢來。
No problem. Take your time.
弄　撲拉本　坦克　幼兒　太ㄇ

B： 多謝啦！
Thanks.
山克斯

延伸句型

我要看菜單。
▶ I'd like to see the menu.
愛屋 賴克 兔 吸　勒　咩妞

再給我們一段時間（看菜單）。※侍者問“Are you ready to order”時回答。
▶ Maybe give us another minute.
美批　寄　惡斯 ㄟ哪耳　咪逆特

Unit 16 點正餐

重點單字

entree

昂催

主餐

基礎句型

我要點沙朗牛排。

▶ I'd like to order Sirloin Steak.

愛屋 賴克 免 歐得 沙朗 斯得克

A：您準備好要點餐了嗎？

Are you ready to order?

阿 優 瑞底 免 歐得

B：是的，我們準備好了。

Yes, we are ready.

夜司 屋依 阿 瑞底

A：您要點什麼正餐？

What do you want for the entree?

華特 賭 優 忘特 佛 勒 昂催

B：我要點沙朗牛排。

I'd like to order Sirloin Steak.

愛屋 賴克 免 歐得 沙朗 斯得克

先生，您呢？
A：How about you, sir?
好 世保特 優 拾

我要試試烤雞。
C：I will try the Roast Chicken.
愛 我 踹 勒 若斯特 七懇

延伸句型

我要試試紐約牛排。
▶ I'd like to try New York Steak.
愛屋 賴克 兔 踹 紐 約 斯得克

我想要試試紐約牛排。
▶ I want to try New York Steak.
愛 忘特 兔 踹 紐 約 斯得克

我要點這一個。
▶ I'll order this one.
愛我 歐得 利斯 萬

Unit 17 餐廳的特餐

重點單字

special

斯背秀

特餐

基礎句型

今天的特餐是什麼？

▶ What is today's special?

華特 意思 特得斯 斯背秀

A：今天的特餐是什麼？

What is today's special?

華特 意思 特得斯 斯背秀

B：是菲力牛排。

It's Fillet Steak.

依次 菲力 斯得克

A：聽起來不錯。我點這一個。

It sounds good. I will try it.

一特 桑斯 估的 愛 我 踹 一特

C：我要點紐約牛排。

I'd like New York Steak.

愛屋 賴克 紐 約 斯得克

B：抱歉，先生，我們沒有紐約牛排。
Sorry, sir, we don't have New York Steak.
蒐瑞 捨 屋依 動特 黑夫 紐 約 斯得克

C：好吧！那我要點豬排。
Okay. Then I want pork chop.
OK 蘭 愛 忘特 樸克 恰伯

延伸句型

今天的特餐是什麼？
▶ What is today's special to thc house?
華特 意思 特得斯 斯背秀 兔 勒 號斯

主廚推薦是什麼？
▶ What is the chef's choice?
華特 意思 勒 穴夫斯 丘以私

你們受歡迎的餐點有哪些？
▶ What are your popular dishes?
華特 阿 幼兒 怕波勒 地需一斯

Unit 18 侍者的推薦

重點單字

recommend

瑞卡曼得

推薦

基礎句型

你有什麼好的推薦嗎？

▶ What would you recommend?

華特　屋揪兒　瑞卡曼得

今天餐廳的特餐是什麼？

A：What is today's special to the house?

華特 意思 特得斯　斯背秀 兔 勒　號斯

是義大利食物。

B：It's Italian food.

依次 義大利恩 福的

你有什麼好的推薦嗎？

A：What would you recommend?

華特　屋揪兒　瑞卡曼得

義大利海鮮食物是最棒的。

B：The Italian Sea Food is the best one.

勒 義大利恩 西　福的 意思 勒 貝斯特 萬

好，我要試這一種。

A：Okay. I will try this one.

OK 愛 我 踹 利斯 萬

你的建議呢？

▶ What do you suggest?

華特 賭 優 設街斯踢

Unit 19 烹調熟度

重點單字

cook

庫克

烹調

基礎句型

您的牛排要幾分熟？

▶ How do you like your steak cooked?

好 賭 優 賴克 幼兒 斯得克 庫克特

我們兩個都要菲力牛排。

A：Both of us would like Fillet Steak.

伯司 歐夫 惡斯 屋 賴克 菲力 斯得克

您的牛排要幾分熟？

B：How do you like your steak cooked?

好 賭 優 賴克 幼兒 斯得克 庫克特

請給我全熟。

A：Well done, please.

威爾 檔 普利斯

先生，您呢？

B：How about you, sir?

好 せ保特 優 捨

請給我五分熟。
C：Medium, please.
咪低耳　普利斯

請給我三分熟。
▶ Rare, please.
瑞兒　普利斯

請給我五分熟。
▶ Medium, please.
咪低耳　普利斯

請給我全熟。
▶ Well-done, please.
威爾　檔　普利斯

我要全熟。
▶ I'd like well-done.
愛屋賴克 威爾　檔

Unit 20 點相同餐點

make

妹克

選擇

基礎句型

點兩份。

▶ Make it two.

妹克 一特 凸

A：各位準備好點餐了嗎？

Are you ready to order?

阿 優 瑞底 兔 歐得

B：我要沙朗牛排。這是我的最愛。

I'd like Sirloin Steak. It's my favorite.

愛屋 賴克 沙朗 斯得克 依次 買 肥佛瑞特

C：點兩份。

Make it two.

妹克 一特 凸

A：好的，兩份沙朗牛排。

Okay, two Sirloin Steak.

OK 凸 沙朗 斯得克

B：	多謝啦！ Thanks. 山克斯
A：	點心呢？ How about the dessert? 好 せ保特 勒 低惹
B：	我要布丁。 I want pudding. 愛 忘特 布丁
C：	我要試試冰淇淋。 I will try ice cream. 愛 我 踹 哀西 苦寧母

我要一樣的。

▶ I'd like the same one.

愛屋賴克 勒 桑姆 萬

Unit 21 酒類飲料

alcohol

阿爾科喉

酒類飲料

您要喝什麼酒？

▶ What kind of alcohol do you want?

華特 砍特 歐 阿爾科喉 賭 優 忘特

A：您要喝什麼酒？

What kind of alcohol do you want?

華特 砍特 歐夫 阿爾科喉 賭 優 忘特

B：你的建議是什麼？

What is your suggestion?

華特 意思 幼兒 設街斯訓

A：我們有伏特加、白蘭地酒和啤酒。

We have vodka, brandy and beer.

屋依 黑夫 佛卡 白蘭地 安 逼耳

B：我要白蘭地酒。

I'd like the brandy.

愛屋 賴克 勒 白蘭地

A：先生，您呢？
And you, sir?
安 揪兒 捨

C：請給我啤酒。
Beer, please.
逼耳 普利斯

延伸句型

你們有什麼葡萄酒？
► What kind of wine do you have?
華特 砍特 歐夫 屋外 賭 優 黑夫

你們有葡萄酒嗎？
► Do you have wine?
賭 優 黑夫 屋外

Unit 22 一般飲料

cold

寇得

冷的

基礎句型

我想要喝點冷飲。

▶ I want something cold for drink.

愛 忘特　桑性　寇得　佛　朱因克

A：您要不要來點飲料？

Would you like something to drink?

屋揪兒　賴克　桑性　兔　朱因克

B：我想要喝點冷飲。

I want something cold for drink.

愛 忘特　桑性　寇得 佛　朱因克

A：喝杯玫瑰茶怎麼樣？

Will you have a cup of rose tea?

我　優　黑夫　ㄜ卡鋪歐夫螺絲　踢

這個很受歡迎。

It's very popular.

依次　肥瑞　怕波勒

B：聽起來很棒。我就點這個。
It sounds terrific. I will take it.
一特 桑斯 特瑞非課 愛 我 坦克 一特

C：我要點咖啡，謝謝。
I'd like coffee, please.
愛屋 賴克 咖啡 普利斯

延伸句型

我要一壺熱茶。
▶ I'd like a pot of hot tea.
愛屋 賴克 ㄜ 怕特 歐夫 哈特 踢

你們有冷飲嗎？
▶ Do you have something cold?
賭 優 黑夫 桑性 寇得

你們有冰紅茶嗎？
▶ Do you have iced black tea?
賭 優 黑夫 愛司特 不來客 踢

只要一杯果汁，不要冰塊。
▶ Just a glass of juice without ice.
賈斯特 ㄜ 給雷斯 歐夫 救斯 位斯 凹特 愛斯

我要一瓶礦泉水。
▶ I want a bottle of mineral water.
愛 忘特 ㄜ 八豆 歐夫 咪熱揶 瓦特

Unit 23 甜點

重點單字

dessert

低惹

甜點

基礎句型

我可以吃些餅乾嗎？

► May I have some cookies?

美 愛 黑夫 桑 哭丂一斯

A：您要什麼甜點？

What would you like for dessert?

華特 屋揪兒 賴克 佛 低惹

B：我可以吃些餅乾嗎？

May I have some cookies?

美 愛 黑夫 桑 哭丂一斯

A：當然可以。先生，您呢？

Sure. And you, sir?

秀 安 揪兒 捨

C：不要了，謝謝！

No, thanks!

弄 山克斯

D：我也要一些餅乾。
I want some cookies too, please.
愛 忘特 桑 哭丂一斯 兔 普利斯

延伸句型

你們有什麼點心？
▶ What kind of dessert do you have?
華特 砍特 歐夫 低惹 賭 優 黑夫

你們有布丁嗎？
▶ Do you have pudding?
賭 優 黑夫 布丁

我要一些蛋糕。
▶ I want some cakes.
愛 忘特 桑 K客斯

Unit 24 確認點完餐

all

歐

全部的

基礎句型

就這樣了。

► That's all for us.

類茲 歐 佛 惡斯

A：我們兩個都要沙朗牛排。

Both of us would like Sirloin Steak.

伯司 歐夫惡斯 屋 賴克 沙朗 斯得克

B：兩份沙朗牛排。就這樣嗎？

Two Sirloin Steak. Is that all?

凸 沙朗 斯得克 意思 類 歐

A：就這樣了。

That's all for us.

類茲 歐 佛 惡斯

C：喔，順便一提，我可以再多要一些泡芙嗎？

Oh, by the way, may I have some more puff?

喔 百 勒 位 美 愛 黑夫 桑 摩爾 泡芙

B：好的。還有沒有要其他餐點？
Sure. Anything else?
秀 安尼性 愛耳司

C：就這樣了。
That's all.
類茲 歐

現在就這樣。
▶ That's all for now.
類茲 歐 佛 惱

Unit 25 送上餐點

重點單字

serve

色夫

提供

基礎句型

你能不能盡快為我們上菜？

▶ Could you serve us as soon as possible?

苦揪兒　色夫　惡斯 ㄟ斯　訓　ㄟ斯　趴色伯

A：您點的就這些嗎？

Is that all for order?

意思　類　歐　佛　歐得

B：是的。就這些。

Yes. That's it.

夜司　類茲　一特

A：好的。餐點會盡快為您送上。

Okay. The meal will be served soon.

OK　勒　瞇爾　我　逼　色夫的　訓

B：你能不能盡快為我們上菜？

Could you serve us as soon as possible?

苦揪兒　色夫　惡斯 ㄟ斯　訓　ㄟ斯　趴色伯

沒問題。

A：No problem.

弄 撲拉本

延伸句型

這不是我們點的。

▶ It's not what we ordered.

依次 那 華特 屋依 歐得的

我沒有點這個。

▶ I didn't order this.

愛 低等 歐得 利斯

我的牛排在哪裡？※餐點遲遲未上時使用。

▶ Where is my steak?

灰耳 意思 買 斯得克

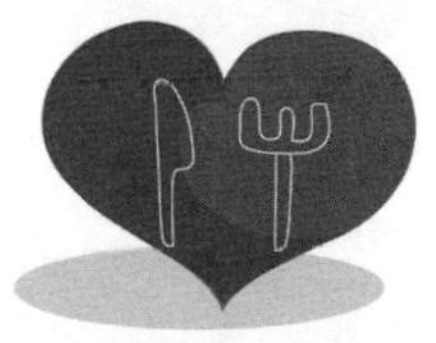

Part
8
在商店

1 只看不買

重點單字

look

路克

尋找

基礎句型

我只是隨便看看。

▶ I am just looking.

愛M 賈斯特 路克引

A：需要我幫忙的嗎？
May I help you with something?
美 愛黑耳ㄆ 優 位斯 桑性

B：不用。我只是隨便看看。
No. I am just looking.
弄 愛 M 賈斯特 路克引

A：假如您需要任何幫忙，讓我知道就好。
If you need any help, just let me know.
一幅 優 尼的 安尼 黑耳ㄆ 賈斯特 勒 密 弄

B：我會的。多謝了！
I will. Thanks a lot.
愛我 山克斯 ㄜ 落的

不客氣。
A：You are welcome.
優　阿　威爾康

我只是看一看。
► I'm just browsing.
愛門 賈斯特 不勞司引

Unit 2 應付店員的招呼

browse

不勞司

隨便看看

基礎句型

我只是隨便看看。

▶ I am just browsing.

愛 M 貫斯特 不勞司引

A：哈囉，有人為您服務嗎？

Hello, are you being helped?

哈囉 阿 優 逼印 黑耳ㄆ的

B：沒有。

No.

弄

A：在找什麼東西嗎？

Are you looking for something?

阿 優 路克引 佛 桑性

B：沒有。我只是隨便看看。

No. I am just browsing.

弄 愛 M 貫斯特 不勞司引

A：好的。您慢慢看。
Okay. Take your time.
OK　坦克　幼兒　太ㄇ

B：我會的。多謝了！
I will. Thanks a lot.
愛我　山克斯　ㄜ落的

延伸句型

不用。謝謝！
▶ No. Thanks.
弄　山克斯

也許等一下要（麻煩您）。謝謝。
▶ Maybe later. Thank you.
美批　淚特　山揪兒

我不需要任何服務。
▶ I don't need any help.
愛 動特　尼的 安尼　黑耳ㄆ

還不需要。謝謝！
▶ Not yet. Thanks.
那　耶特　山克斯

Unit 3 有購物的打算

重點單字

gift
肌膚
禮物

基礎句型

我在找一些要送給孩子們的禮物。
▶ I am looking for some gifts for kids.
愛M 路克引 佛 桑 肌膚斯 佛 ㄎ一資

A：哈囉，需要我幫忙嗎？
Hello, may I help you?
哈囉 美 愛黑耳ㄆ 優

B：我在找一些要送給孩子們的禮物。
I am looking for some gifts for kids.
愛M 路克引 佛 桑 肌膚斯 佛 ㄎ一資

A：心裡有想好要什麼嗎？
Is there anything special in mind?
意思 淚兒 安尼性 斯背秀 引 麥得

B：是的，我想買洋娃娃。
Yes, I want to buy a doll.
夜司 愛 忘特 兔 百 ㄜ 都

A：好的。您看看這一個。
Okay. Let you show you this one.
OK 勒 優 秀 優 利斯 萬

B：這一個？嗯，我不喜歡。
This one? Well, I don't think so.
利斯 萬 威爾 愛 動特 施恩克 蒐

延伸句型

有沒有適合兒童的紀念品？
▶ Are there any souvenirs for kids?
阿 淚兒 安尼 私佛逆耳斯 佛 丂一資

我需要買禮物給我太太。
▶ I need to buy presents for my wife.
愛尼的 兔 百 撲一忍斯 佛 買 愛夫

Unit 4 購買特定商品

重點單字

buy

百

買

基礎句型

我想要買耳環。

► I want to buy the earrings.

愛 忘特 兔 百 勒 一耳乳因斯

A：您想買什麼？

What do you want to buy?

華特 賭 優 忘特 兔 百

B：我想要買耳環。

I want to buy the earrings.

愛 忘特 兔 百 勒 一耳乳因斯

A：要給您的太太的嗎？

For your wife?

佛 幼兒 愛夫

B：不，是給我女兒的。

No, it's for my daughter.

弄 依次 佛 買 都得耳

A：這一個如何？
How about this one?
好　世保特 利斯　萬

B：看起來不錯。
It looks great.
一特 路克斯 鬼雷特

延伸句型

我需要手套。
▶ I need a pair of gloves.
愛 尼的 ㄜ 拜耳 歐夫 葛辣福斯

我正在找一些裙子。
▶ I am looking for some skirts.
愛M　路克引　佛　桑　史克斯

你們有紫色的帽子嗎？
▶ Do you have any purple hats?
賭　優　黑夫　安尼　ㄆ剖　黑特斯

Unit 5 購買禮品

重點單字

present

撲一忍特

禮物

基礎句型

是給我女兒的。

▶ It's for my daughter.

依次 佛 買 都得耳

A：要找特定的東西嗎？
Looking for anything special?
路克引 佛 安尼性 斯背秀

B：我要買手錶。
I'd like to buy a watch.
愛屋賴克 兔百 ㄜ 襪區

A：送給誰的禮物嗎？
Is it a present for someone?
意思 一特ㄜ 撲一忍特 佛 桑萬

B：是的，是給我女兒的。
Yes, it's for my daughter.
夜司 依次 佛 買 都得耳

A：也許您可以買這一支。
Maybe you could buy this one.
美批 優 苦 百 利斯 萬

B：不，我不覺得她會喜歡。
No, I don't think she would like it.
弄 愛 動特 施恩克 需 屋 賴克 一特

他們是很適合送家人的禮物。
▶ They are suitable presents for family.
勒 阿 素特伯 撲一忍斯 佛 非摸寧

Unit 6 購買電器

重點單字

warranty

握軟踢

保證書

基礎句型

這個有保證書嗎？

▶ Does it have a warranty?

得斯 一特 黑夫 ㄜ 握軟踢

您想看些什麼？

A：What would you like to see?

華特 屋揪兒 賴克 兔 吸

你們有 MP3 播放器嗎？

B：Do you have any MP3 players?

賭 優 黑夫 安尼 MP 樹裡 舖淚耳斯

有的。您要什麼品牌？

A：Yes. What brand do you want?

夜司 華特 白蘭 賭 優 忘特

請給我 Sony。

B：Sony, please.

蒐尼 普利斯

A：給您！
Here you are.
厂一爾 優 阿

B：這個有保證書嗎？
Does it have a warranty?
得斯 一特 黑夫 ㄜ 握軟踢

A：有的，先生。
Yes, it does, sir.
夜司 一特 得斯 捨

延伸句型

可以展示如何使用給我看嗎？
▶ Would you show me how to use it?
屋揪兒 秀 密 好 兔 又司 一特

怎麼使用？
▶ How to use it?
好 兔 又司 一特

怎麼運作？
▶ How does it work?
好 得斯 一特 臥克

Unit 7 參觀特定商品

different

低粉特

不一樣

基礎句型

您能給我看一些不一樣的嗎？

▶ Can you show me something different?

肯 優 秀 密 桑性 低粉特

A：您想看些什麼？

What would you like to see?

華特 屋楸兒 賴克 兔 吸

B：我想看一些領帶。

I would like to see some ties.

愛 屋 賴克 兔 吸 桑 太斯

A：您要找的是這一種嗎？

Is this what you are looking for?

意思 利斯 華特 優 阿 路克引 佛

B：不是。您能給我看一些不一樣的嗎？

No. Can you show me something different?

弄 肯 優 秀 密 桑性 低粉特

好的。請稍等。

A：Sure. Wait a moment, please.

秀　位特ㄊ　摩門特　普利斯

延伸句型

我能看那些 MP3 播放器嗎？

▶ May I see those MP3 players?

美　愛 吸　漏斯 MP 樹裡 舖淚耳斯

我能看一看它們嗎？

▶ May I have a look at them?

美　愛黑夫ㄜ 路克ㄟ 樂門

給我看那支筆。

▶ Show me that pen.

秀　密　類　盼

Unit 8 是否找到中意商品

interested

因雀斯特的

有興趣的

基礎句型

我對這台電腦有興趣。

▶ I am interested in this computer.

愛M 因雀斯特的 引 利斯 康撲特

您喜歡哪一個品牌？

A：Which brand do you like?

會區 白蘭 賭 優 賴克

我喜歡 View Sonic（品牌）。

B：I like View Sonic.

愛賴克 V歐 蒐尼克

找到您喜歡的東西了嗎？

A：Did you find something you like?

低 優 煩的 桑性 優 賴克

對，我對這台電腦有興趣。

B：Yes, I am interested in this computer.

夜司 愛M 因雀斯特ed 引 利斯 康撲特

我們有型號 241 在特價中。

A：We have Model 241 on sale.

屋依 黑夫 媽朵 凸佛萬 忘 賽爾

折扣是多少？

B：What's the discount?

華資 勒 低思考特

還沒有。

▶ Not yet.

那 耶特

這個看起來不錯。

▶ It looks nice.

一特 路克斯 耐斯

你們有沒有像這類的帽子？

▶ Do you have any hats like this one?

賭 優 黑夫 安尼 黑特斯 賴克 利斯 萬

Unit 9 選購指定商品

show

秀

展示

基礎句型

請給我看看那件黑色毛衣。

▶ Please show me that black sweater.

普利斯 秀 密 類 不來客 司為特

您喜歡哪一件？

A：Which one do you like?

會區 萬 賭 優 賴克

請給我看看那件黑色毛衣。

B：Please show me that black sweater.

普利斯 秀 密 類 不來客 司為特

您要找的是這一種嗎？

A：Is this what you are looking for?

意思 利斯 華特 優 阿 路克引 佛

是的，我要這一種。

B：Yes, I want this one.

夜司 愛 忘特 利斯 萬

A：他們是新品。
They are new arrivals.
勒 阿 紐 阿瑞佛斯

B：有沒有更好一點的？
Do you have anything better?
賭 優 黑夫 安尼性 杯特

延伸句型

在底層架子上的那一件。
▶ That one on the bottom shelf.
類 萬 忘 勒 巴特 雪爾夫

那些裙子看起來不錯。
▶ Those skirts look great.
漏斯 史克斯 路克 鬼雷特

Unit 10 是否尋找特定商品

重點單字

look

路克

審視、觀看

基礎句型

我想要看一看。

▶ I want to take a look.

愛忘特 兔 坦克 ㄜ路克

A：您需要褲子嗎？
Do you need a pair of pants?
賭 優 尼的 ㄜ拜耳 歐夫 ㄆ安斯

B：是的，我想要看一看。
Yes, I want to take a look.
夜司 愛忘特 兔 坦克 ㄜ 路克

A：也許您想要一條羊毛圍巾。
Maybe you would like a wool scarf.
美批 優 屋 賴克ㄜ 我 司卡夫

B：全部就這些嗎？
Is that all?
意思 類 歐

A：是的，我們有的就這些。
Yes, that's all we have.
夜司　類茲 歐 屋依 黑夫

B：我不喜歡這一件。
I don't like this one.
愛動特 賴克 利斯 萬

還有其他的嗎？
▶ Anything else?
安尼性　愛耳司

有沒有更好一點的？
▶ Do you have anything better?
賭　優 黑夫　安尼性　杯特

Unit 11 特價商品

重點單字

sale

賽爾

特價

基礎句型

您需要褲子嗎？

▶ Do you need a pair of pants?

賭 優 尼的 ㄜ拜耳 歐夫 ㄆ安斯

A：您需要褲子嗎？

Do you need a pair of pants?

賭 優 尼的 ㄜ拜耳 歐夫 ㄆ安斯

B：是的，我想要看一看。

Yes, I want to take a look.

夜司 愛忘特 兔 坦克 ㄜ 路克

A：我們有一些品質不錯(的商品)在特價中。

We have some nice ones on sale.

屋依 黑夫 桑 耐斯 萬斯 忘 賽爾

B：是什麼？

What are they?

華特 阿 勒

我拿給您看。
A：Let me show you.
勒 密 秀 優

我不是要找這一種。
B：It's not what I am looking for.
依次 那 華特 愛M 路克引 佛

延伸句型

折扣是多少？
▶ What's the discount?
華資 勒 低思考特

可以給我看一些特別的嗎？
▶ Would you show me something special?
屋揪兒 秀 密 桑性 斯背秀

你們有更便宜一點的東西嗎？
▶ Do you have any ones cheaper?
賭 優 黑夫 安尼 萬斯 去波爾

你不覺得貴嗎？
▶ Don't you think it's expensive?
動特 優 施恩克 依次 一撕半撕

Unit 12 特定顏色

重點單字

color

咖惹

顏色

基礎句型

你們有藍色的嗎？

▶ Do you have any ones in blue?

賭　優　黑夫 安尼　萬斯 引　不魯

您想要哪一個顏色？

A：What color would you like?

華特　咖惹　　　屋揪兒　賴克

你們有藍色的嗎？

B：Do you have any ones in blue?

賭　優　黑夫 安尼　萬斯 引 不魯

讓我拿淺藍色的給您。

A：Let me take the light blue ones for you.

勒　密　坦克　勒　賴特 不魯　萬斯　佛　優

我喜歡深藍色。

B：I prefer dark blue.

愛 埔里非 達克 不魯

抱歉，我們只有這些(淺藍色)。

A：Sorry, we only have these ones.

蒐瑞 屋依 翁裡 黑夫 利斯 萬斯

沒關係。

B：It doesn't matter.

一特 得任 妹特耳

延伸句型

我在找藍色的襪子。

▶ I am looking for a pair of blue socks.

愛M 路克引 佛 ㄜ 拜耳 歐夫 不魯 薩克斯

紅色或藍色都可以。

▶ Both red and blue are OK.

伯司 瑞德 安 不魯 阿 OK

這個尺寸有其他顏色嗎？

▶ Do you have this size in any other colors?

賭 優 黑夫 利斯 曬斯 引 安尼 阿樂 咖惹斯

Unit 13 尺寸說明

重點單字

size

矖斯

尺寸

基礎句型

我不知道我的尺寸。

▶ I don't know my size.

愛 動特　弄　買　矖斯

A：哪一件比較好？

Which one is better?

會區　萬 意思 杯特

B：紅色正在流行。

Red is in fashion.

瑞德 意思引　肥訓

A：好，我試穿這一件。

Okay, I'll try on this one.

OK　愛我 踹 忘 利斯 萬

B：您的尺寸是多少？

What is your size?

華特 意思 幼兒 矖斯

A：我不知道我的尺寸。
I don't know my size.
愛動特　弄　買　曬斯

B：是 32 號，對嗎？
It's size 32, right?
依次 曬斯 捨替巴 軟特

延伸句型

我要大尺寸的。
▶ I want the large size.
愛忘特　勒　辣居　曬斯

我的尺寸是八號。
▶ My size is 8.
買　曬斯 意思 ㄟ特

我的尺寸是介於八號和七號之間。
▶ My size is between 8 and 7.
買 曬斯 意思　逼吹　ㄟ特 安 塞門

請給我中號。
▶ Medium, please.
咪低耳　普利斯

售價

重點單字

expensive

一撕半撕

昂貴的

基礎句型

多少錢？

▶ How much?

好　罵區

A：這個優惠明天就結束了。

This promotion ends tomorrow.

利斯　婆磨訓　安的斯　特媽樓

B：但是我要考慮一下。

But I have to think about it.

霸特 愛 黑夫 兔 施恩克 世保特 一特

A：你知道嗎，那件毛衣真的很划算。

You know, that sweater's a great buy.

優　弄　類　司為特斯　士鬼雷特 百

B：這個要多少錢？

How much is this?

好　罵區 意思 利斯

A：五百。
Five hundred.
肥福 哼濁爾

B：這麼貴？
So expensive?
蒐 一撕半撕

A：很便宜的。
It's very cheap.
依次 肥瑞 去夂

延伸句型

這個要賣多少錢？
► How much does it cost?
好 罵區 得斯 一特 寇斯特

你說要多少錢？
► How much did you say?
好 罵區 低 優 塞

價錢是多少？
► What is the price?
華特 意思 勒 不來斯

Unit 15 決定購買

buy
百
買

基礎句型

我要買這一件。
▶ I will buy this one.
愛 我 百 利斯 萬

A：有沒有折扣？
Are there any discounts?
阿 淚兒 安尼 低思考特斯

B：打九折如何？
How about a 10 percent discount?
好 世保特 ㄊ天 波勝 低思考特

A：買兩件可以有折扣吧？
Is there a discount for two?
意思 淚兒 ㄊ 低思考特 佛 凸

B：這是我能提供最優惠的價格了。
That's the best I can offer.
類茲 勒 貝斯特 愛肯 阿佛

真的嗎？
A：Really?
瑞兒裡

您要買嗎？
B：Would you like to buy it?
屋揪兒 賴克 兔 百 一特

好，我要買這一件。
A：Okay, I will buy this one.
OK 愛 我 百 利斯 萬

延伸句型

我要買它。
▶ I will take it.
愛 我 坦克 一特

我要買這一件。
▶ I will get this one.
愛 我 給特 利斯 萬

我兩件都要。
▶ I want both of them.
愛 忘特 伯司 歐夫 樂門

我要買這兩件。
▶ I want two of these.
愛 忘特 凸 歐夫 利斯

Unit 16 付款

重點單字

pay
配
付款

基礎句型

用現金。
▶ Cash, please.
客需　普利斯

A：您覺得價格如何？
What do you think of the price?
華特　賭　優　施恩克 歐夫 勒　不來斯

B：它太貴了。
It's too expensive.
依次　免　一撕半撕

A：您想要多少錢？
What price range are you looking for?
華特　不來斯　潤居　阿　優　路克引　佛

B：可以算五千元嗎？
How about five thousand dollars?
好　世保特 肥福　騷忍　搭樂斯

好吧！您要用什麼方式付款？

A：OK. How would you like to pay for it?

OK 好 屋揪兒 賴克 兔 配 佛 一特

用現金。

B：Cash, please.

客需 普利斯

延伸句型

用信用卡(付款)。

▶ Credit card, please.

魁地特 卡 普利斯

我要付現金。

▶ I will pay it by cash.

愛 我 配 一特 百 客需

用旅行支票(付款)。

▶ With traveler's check.

位斯 吹佛耳斯 切客

生活英語萬用手冊

英語學習不再是紙上談兵！
背誦單字的同時，也能學習生活中最常用的短語對話，讓英語學習更生活化、更有效率！

跟莎士比亞一學就會的 1000 單字

透過莎士比亞的戲劇，無痛學會 1000 個好用的單字、片語和短語！
英語世界傳世的文學作品，除了探討人生與人性，更蘊含人文學和語言之美，無疑是學習英語的優良教材，適合每一個對英語有興趣的學習者。

抓住文法句型，翻譯寫作就通了

本書之編寫旨在針對英文中常見之文法句型做一簡明及重點式的介紹，不管是在校的學生們，抑或是職場上的社會人士，熟讀本書不僅可對重要的文法句型快速入門，如能對每一個文法句型所附上的文法及翻譯練習題加以實際的演練，對於翻譯及寫作將有紮實的幫助，同時也有助於對英文文章大架構及文意瞭解之增進。

生活單字萬用手冊

你一定不知道do這個單字多好用！
好用例句1 逛街 do the shopping
好用例句2 做家事 do the housework
好用例句3 熨燙衣服 do the ironing
好用例句4 清洗 do the washing
好用例句5 清潔 do the cleaning
好用例句6 洗碗 do the dishes
只會簡單的單字，也可以開口說英語！

單字急救包

您可以塞在袋裡，放在車上，或是擱在角落。
不管是等公車的通勤族，還是上廁所前培養情緒，
隨手抽出本書，就可以利用瑣碎的時間充實一下。
小小一本，大大好用！

台北 PAPAGO！跟老外介紹台北

結合熱門的台北旅遊地點，搭配實用的英文旅遊會話，讓您在熟悉的情境中記憶並活用英文旅遊短句與字彙，輕鬆用英文介紹台北的吃喝玩樂。
一天10分鐘的時間，
學英文變得更輕鬆。

菜韓文單字速查手冊

本書專為韓語初學者設計，不需任何基礎，用中文也能說韓語。
不管是你想知道的，還是你想立即拿來溝通的，都能快速查詢得到你要找的單字
方便攜帶、快速查詢、立即拓展你的韓語單字庫！

欣殺哈妮達！用單字學韓語會話

看韓劇總是聽得懂，自己卻說不出來嗎？
精選韓國人平常最常用的疑問詞、代名詞、副詞、慣用語，以及韓語初學者最棘手的動詞、形容詞變化。配合語彙說明、實用例句、生動的對話內容，方便讀者輕鬆記憶、立即應用，想讓你的韓語講的正確、說得道地，學韓語你就缺這一本！

韓流來襲：你最想學的那些韓劇臺詞

我想學學韓劇裡常出現的臺詞，為什麼補習班老師都沒有教？
那句台詞不知道聽過多少遍了，就是不知道怎麼用、怎麼寫？

你是愛上韓劇才想學韓語的嗎？
那你絕對需要這一本，韓劇名言大全！

生活日語萬用手冊

～～日語學習更豐富多元～～
生活上常用的單字句子一應俱全，
用一本書讓日語學習的必備能力一次到位！

3 個字搞定日語會話

專為初級學習者設計的日語會話書，
拋開文法觀念、不需硬背複雜句型，
透過基礎用語，排列組合就能暢所欲言，
依說話對象及情況選擇會話內容。
無論是旅遊或交友，
用簡單日語快速上手馬上溝通！

懶人日語學習法：超好用日語文法書

無痛學習！
輕鬆記憶基礎必備的日語文法句型，
文法不可怕！
從「用得到」的文法學起，
快速掌握基礎文法，
簡單入門馬上活用！
突破初級文法接軌中級日語。

國家圖書館出版品預行編目資料

菜英文・旅遊實用篇 / 張瑜凌編著
-- 二版. -- 新北市 : 雅典文化, 民106.08
面 ; 公分. -- (全民學英文 ; 42)
ISBN 978-986-5753-88-7(平裝附光碟片)

1.英語 2.旅遊 3.會話

805.188 106010335

全民學英文系列 42

菜英文・旅遊實用篇

編著/張瑜凌
執行編輯/張瑜凌
美術編輯/王國卿
封面設計/姚恩涵

法律顧問:方圓法律事務所/涂成樞律師

總經銷:永續圖書有限公司
永續圖書線上購物網
www.foreverbooks.com.tw

CVS代理/美璟文化有限公司
TEL:(02)2723-9968
FAX:(02)2723-9668

出版日/2017年08月

雅典文化

出版社
22103 新北市汐止區大同路三段194號9樓之1
TEL (02)8647-3663
FAX (02)8647-3660

菜英文・旅遊實用篇

雅致風靡　典藏文化

親愛的顧客您好，感謝您購買這本書。即日起，填寫讀者回函卡寄回至本公司，我們每月將抽出一百名回函讀者，寄出精美禮物並享有生日當月購書優惠！想知道更多更即時的消息，歡迎加入"永續圖書粉絲團"您也可以選擇傳真、掃描或用本公司準備的免郵回函寄回，謝謝。

傳真電話：（02）8647-3660　　電子信箱：yungjiuh@ms45.hinet.net

姓名：	性別：　□男　□女
出生日期：　年　月　日	電話：
學歷：	職業：
E-mail：	
地址：□□□	
從何處購買此書：	購買金額：　元
購買本書動機：□封面 □書名 □排版 □內容 □作者 □偶然衝動	
你對本書的意見： 內容：□滿意□尚可□待改進　編輯：□滿意□尚可□待改進 封面：□滿意□尚可□待改進　定價：□滿意□尚可□待改進	
其他建議：	

您可以使用以下方式將回函寄回。

您的回覆，是我們進步的最大動力，謝謝。

① 使用本公司準備的免郵回函寄回。

② 傳真電話：（02）8647-3660

③ 掃描圖檔寄到電子信箱：

yungjiuh@ms45.hinet.net

沿此線對折後寄回，謝謝。

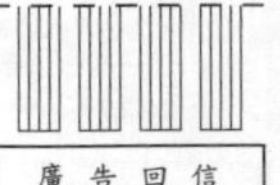

廣 告 回 信
基隆郵局登記證
基隆廣字第056號

221-03

雅典文化事業有限公司　收

新北市汐止區大同路三段194號9樓之1

雅致風靡　典藏文化